全てを捨てて、　わたしらしく生きていきます。

登場人物紹介
レフリー
サリーナが援助している研究者。
サリーナの姉が死ぬ原因となった病の
薬を開発している。
サリーナ
亡き姉の代わりに、
その婚約者に嫁いだ子爵令嬢。
五人兄弟の真ん中のためか、
実家で蔑ろにされていた上、
嫁いで以降も姉を想い続ける夫に
無視され続けている。

マトリック
サリーナの住む国の王太子。
エリアナ
サリーナの秘書
フレア
サリーナの住む国の王太子妃。
バルト
サリーナの夫。
元々はサリーナの姉の婚約者で、
彼女のことを想い続けている。
リゼッタ
サリーナの姉。
流行り病によって
死んでしまった。

プロローグ

バルト様の婚約者であり、わたしの三つ年上のリゼッタお姉様が死んだのは、三年前のことだった。

その年の冬は、風邪が大流行して、たくさんの人が亡くなった。リゼッタお姉様も風邪を拗(こじ)らせて死んでしまったのだ。わたしの周りでも、他に幾人も風邪で亡くなったと聞いている。

そのくらい、その年の風邪はタチの悪いものだった。

今でも、あの時のことは夢で見る。

高熱に浮かされ食欲もなく、水を口に注いでも入れた傍(そば)から頬を流れ落ちるのだ。わたしは濡らした木綿(もめん)のハンカチを幾度もリゼッタお姉様の唇に押し当てた。

薬は品薄で高値がついたため高位貴族が独占し、下々の者にはなかなか手に入らない。お父様も必死で探したが、買えなかった。

苦しむお姉様をただ見ているだけのやるせなさ……、悔しさ、そして後悔。

自分の無力さを痛感した。

婚約者であるリゼッタお姉様を亡くしたバルト様の哀しみは計り知れない。

わたしは彼を慰（なぐさ）めた。でも、その思いは彼には届かない。

バルト様はお姉様を心から愛していたのだ。

今でも、お姉様に縋（すが）り付（つ）くようにして泣いていたバルト様の姿を思い出す。

お姉様の名前を何度も叫んでいた。わたしなど存在していないかのように。

そして、お姉様が亡くなってすぐに、わたしがバルト様と結婚することに決まった。お姉様との婚約には貴族ならではの政略的な意図があったのだ。

バルト様のお父君も同じく風邪で亡くなっていたので、彼が伯爵位を早急に継ぐ必要があったという理由もある。

我がアマンド子爵家からアルスターニ伯爵家への援助。その見返りとしての、伯爵領の特産品の優先取引。それが必要だったのだ。

わたしは小さい頃からバルト様が好きだった。

でも、バルト様はお姉様の婚約者。だから、気持ちを封じ込めていたのだ。

お姉様が亡くなって、わたしがバルト様の妻になることは正直嬉しかった。

表情には出せなくても、嬉しかった。少しずつでもわたしを見てくれることを期待した。

でも――

バルト様にとっては、わたしはただの妹的存在だった。

妻にしたいのはお姉様ただ一人。わたしは恋愛対象にもならない。

……惨（みじ）めだった。

夏が来る前、わたしの誕生日の前日に、わたしたちは結婚契約書を交わした。

あの頃は大流行した風邪で人口が減った影響で、結婚を急ぐ者が多かったのだ。次世代を残そうとする生存本能が強くなっていたともいえる。

国をあげて推奨されていたし、王太子殿下のご成婚も後押しになった。

もっともわたしたちの場合は、王太子殿下のご成婚に重ならないようにお姉様の死を悼む期間もろくに取らずに早めたのだ。

王太子殿下の右腕的存在であるバルト様は、立場を固めておきたかったのだろう。だから、もともと予定していたお姉様の結婚式の日にわたしは嫁いだが、式はあげなかった。バルト様の執務室で契約書にサインをする事務的な作業で終わる。

憧れていたウェディングドレスは諦めた。

サイズが変わらないとはいえ、お姉様のために用意されたドレスに袖を通すわけにはいかない。

それでも、サインをした時は嬉しかった。

だが――

「これは明日、出してくる。サリーナ、これから君はこの家の……わたしの妻になるが、形式だけのものだ。余計なことはしなくていい。わたしの、わたしの妻はリゼッタだけだ。すまない……」

バルト様の言葉に、冷水を浴びせられたような気分になる。

そうか……そうなのか。

当然だ――

その場で涙を流さなかっただけ、自分を褒めたい。

「わかりました」

微笑（ほほえ）んで物わかりのいいふりをした。

バルト様を困らせたくなかったから。

言うだけ言うと、バルト様は机の上の書類に目を落とす。わたしを見ることは一切なかった。

そうしてわたしは静かに部屋を出た。

顔馴染（かおなじ）みでもある執事のハンスさんに哀れみの視線で見られる。

「ハンスさん、これからはよろしくね」

「ハンスとお呼びください。奥様」

「サリーナよ。奥様はお姉様なの、ハンスさん」

「……」

「大丈夫よ。大丈夫……」

「……サリーナ様」

彼がハンカチを差し出す。その時初めて、涙がこぼれているのに気づいたのだった。

それからのわたしは、用意された専用の執務室で領地から送られてくる書類に目を通す毎日を送っている。

旦那様は次の日から王宮に仕事に行ってしまった。

王太子殿下の右腕として業務に励み、次に屋敷に帰ってきたのは三週間後だ。そして、帰宅の翌日にはまた王宮に戻った。

旦那様のサインが必要な書類だけは、ハンスさんに頼んで王宮に持っていってもらう。

彼の声を聞いたのはいつだったか。

結婚当初は、帰ってきた旦那様に声をかけていた。留守中にあったことを語る。けれど、返事一つ返ってきたことはない。

思い描いていた生活とは違う。夢見ていた幸せとは違う。

初めはどんなに無視されようと、旦那様の顔を見ると恋心を思い出し、淡い望みを抱いていた。どんなに辛くても、いずれ時間が解決してくれると期待して。

でも旦那様は変わらない。

滅多に帰ってこないとはいえ、わたしは笑いかけるのが次第に辛くなり、声をかけることすら躊躇うようになる。

あれほど旦那様を慕っていた気持ちは、次第に心からこぼれ落ちていった。

暗い水の底にいるかのように息が詰まり、自分の感情がわからなくなっていく。

そんな想いを忘れるように、わたしは仕事に励んだ。

手始めに領地を改革する。

旦那様は王宮に行ったままだったので、ハンスさんと共に力を尽くした。

エフタール地方から始まったからエフタール風邪と言われるようになったあの風邪による死者は、領地でも大勢出た。そのせいで働き手が減ってしまったので、わたしはまず税率を下げた。特産品であった蜂蜜作りも滞るようになっていたのだ。

気候に左右される不安定な農業や蜂蜜作りの代わりになる産業を探ったが、簡単に見つかるはずがない。慣れない仕事に疲れながら、何度も領地に足を運んだ。

そんな中、わたしは偶然にも奇跡的な出会いを果たす。

領地に薬草の研究をしに来ていた、レフリーという青年と知り合ったのだ。

彼はエフタール風邪に効くかもしれない薬の研究をしていると言った。それに使われる薬草が、この領地にしか生えていないらしいのだ。

彼からその話を聞いて、わたしはその場で出資を決めた。研究施設の提供も。

今思うと、よく即決したものだ。金銭だけ巻き上げられ、逃げられていたかもしれないのに。

ただ、彼の真摯な眼差しは本物だと感じた。

いくらかかるかわからない研究。でも、これが成功し、今後、エフタール風邪による死者を減らせるのであれば、価値がある。

その薬草作りが領地の発展に繋がった。

わたしは領地の人たちと協力して薬草栽培を進めた。

薬草の性質を損なわないように生態を知ることから始める。

当然、形だけの妻であるわたしが旦那様の許可もなく伯爵家の資産を使うわけにはいかないので、自分の個人資産での援助だ。

資金に限りが出たため、わたしは新たな事業を立ち上げる。

そうやって個人的な資産を増やした。

必然的にやらなければならないことが多くなる。王宮から帰ってもわたしを空気のように扱う旦那様に虚しさを覚える暇もないくらい忙しい毎日だ。

一人寂しく寝室で泣くより、疲れ果ててすぐに寝入る日々を選んだともいう。

狭い個室でわたしは布団を被って眠る毎日を過ごした。

薬の研究に出資してから、三年。

何一つ変わらない生活。

この三年で、旦那様が屋敷に帰ってきた日は多くない。お姉様の誕生日と亡くなった日だけは必ず屋敷に戻ってきて、お姉様の部屋に一日中こもっているが。

変わったのは、レフリーの作る薬がもうすぐ完成することと、そのために必要な薬草作りが順調なことだ。

蜂蜜作りも持ち直した。

産業という面ではまだだが、特産品の復活というのは嬉しい。村人たちが協力してくれたおかげだ。

税率を以前と同じものに戻すこともでき、安定した収入を得られるようになっていた。

第一章

朝日が昇り、部屋が明るく色づいてくる。わたしはまだ眠りを欲している身体をベッドから無理やり引き離し、薄いカーテンを開けた。

窓を開けると、爽やかな風が部屋に入る。

その風を感じながら、小さな洋服ダンスを開けた。使われたことのない夜会用の華やかなドレスが一着、幅をとっている。

ハンスさんに言われ、妻として旦那様と夜会に行くために作られたものだが、着る機会を失っていた。

「君が出席する必要はない」

そう旦那様に言われたため、どうしようもなかったのだ。

夫婦同伴の会であろうと、わたしが顔を出すことはない。旦那様は仕事で王太子殿下の傍に控えるのだから、わたしはいなくていいのだ。

旦那様自身が個人的な夜会に出席することはないので、そういう意味でもパートナーは必要ないようだった。

それを知ったのが作ってしまった後だったため、ドレスは行き場を失っている。

わたしはいつもの白いブラウスとボルドー色のスカートを身につけた。

それ以外に、ちょっとしたお茶会用の服を二着持っているが、どちらも落ち着いた色のありふれたデザインのものだ。年齢からすれば、地味な部類かもしれない。

だが、わたしには明るい色は似合わないのだ。このこぢんまりとした生活では、それで充分だった。


今日も自分に与えられた仕事場へ行く。

わたしは食事をこの部屋でとっていた。朝も昼も、もちろん夕食も。

この三年間、一度たりとも旦那様と食事を共にしたことはない。

結婚当初は、ハンスさんからすすめられて広い食堂を使っていたが、屋敷に帰ってきた旦那様はわたしが一緒だと知ると決まって自分の部屋で食べる。だから、一人だけの寂しい食事に意味がなくなり、食堂を使うのをやめたのだ。旦那様が屋敷にいようがいまいが、わたしは食堂に立ち入らない。

屋敷の人たちと交流を深めようとしていたのもやめている。

『妻』としての業務は、侍女頭に全て任せた。

旦那様の『日常』を壊さないことを優先したのだ。

わたしは同居人。それだけの存在。その立場を通さなくてはいけないのだと気づいた。

自分は旦那様のどこが好きだったのだろう……？

そんな思いが頭をよぎり、首を振る。

今、そんなことを考えている暇はない。

積み上げられた書類を読み込み、判子を押していった。

昼から旦那様のお母様に会う予定になっている。書類に目を通していなければ、また文句を言われるだろう。

彼女は「バルトがいないのであれば、妻であるあなたが領地の仕事をするのは当たり前でしょう」と、結婚をした翌日にわざわざ言いに来たくらいだ。

できない妻ではいけない。

「リゼッタならできて当然のこともできないの？　役立たずね」

そう言うに違いない。冷ややかな目でわたしを見るだろう。

わたしはリゼッタお姉様しか見ないあの人たちが怖いのだ。

誰もわたしを見てくれない。

だから、出来損ないと思われたくなかった。ダメな妻だと、これ以上思われたくない。

「サリーナ様、大丈夫です。慌てなくても順調にできています。いつも通りでかまいません」

ハンスさんがわたしの前にお茶を置いた。

「肩の力を抜いてください」

紅茶の優しい香りが鼻腔（びこう）をくすぐる。

わたしは息を大きくついた。震える手でカップを持つ。茶色の液体に波紋が広がるのをじっと見

つめた。

そして、香りと共に喉に流し込む。

「……ありがとう。美味しいわ」

「何よりです」

少しだけ落ち着いた。

大丈夫。大丈夫だ。

わたしは再び、書類と格闘を始めた。


お義母様はお義父様が亡くなってから、王都にある別宅とご生家とを行ったり来たりしていた。

つまり遊んで暮らしている。

そして月に一度、わたしに嫌味を言いにやってくるのだ。

「――相変わらず、しみったれた顔ね」

……開口一番がそれなのか。

自分がお姉様より地味なのはわかっている。色褪せた金の髪に鈍い青い目。着るものだって地味だ。お姉様や家族と同じような輝く金の髪も、澄み渡る青空みたいな色の目も持ち合わせていない。

わたしはお祖母様に似ているらしかった。

「お久しぶりです。お義母様」

「あなたにお母様と呼ばれたくありません。なぜ、リゼッタが亡くなってしまったのかしら」

お義母様がはぁっと大袈裟にため息をつく。

誰もが死んだお姉様をこうして嘆いた。

「申し訳ございません。ミヨルダー夫人」

結婚当初から幾度も繰り返されている会話。

お義母様はわたしにミヨルダー夫人と言わせたいだけなのだ。

『あなたをこの家の者とは認めていない』と暗に言っている。それなら、初めからミヨルダー夫人と呼びたいのだが、そう呼ぶと「何様のつもり？　私を義母とは呼べないと言ってるの？　生意気ね。まぁ、私が娘と思いたいのはリゼッタだけですけどね」と言ってくるのだ。

始めは悲しく悔しかったが、三年も経てばどうでもよくなる。積もるのは罪悪感だけ。

どうしてわたしは生きているのか？　なぜ、ここにいるのがお姉様ではないのか？

醜い思いを心の中に隠し、作り笑いをしながらお義母様に手ずからお茶を振る舞った。

「この紅茶の気分じゃないわ。リゼッタなら、今日私が飲みたい紅茶をわかってくれたのに」

お義母様は手もつけず眉を八の字にし、いかにも残念そうに言う。名演技としか思えない。

その横で侍女がお茶を淹れ直した。

お義母様は事あるごとにお姉様とわたしを比べる。

彼女だけではない。皆、そうだ。

お父様もお母様も。お兄様も、妹さえも、「お姉様、お姉様」と言う。死んでしまったお姉様の姿を見る。

そして、決まってわたしを「出来損ない」と言うのだ。

昔、お姉様とバルト様は「サリーナはサリーナらしくしていてかまわないよ」と言ってくれたが、もうそんなことを言う人はいない。

「申し訳ありません」

「先ほどからそればかりね。他の言葉は知らないの？」

「申し訳ありません」

他の言い訳をしようものなら、「あなたは謝ることも知らないの!!」と言うだけなのに。

「まあ、いいわ。バルトは？」

「旦那様は王宮の仕事が忙しいようです」

「そう。いつになれば孫の顔が見られるのかしら？」

いつ？　夫婦の関係もないのに、子供ができるわけがないでしょうに。

「三年経ったわ。あなたのせいかしら？　子供が産めないなら出ていってもらわなければいけないわね」

「……」

「あなたたちと同じ頃に結婚した者たちは、軒並み子供を持っているものよ。王太子殿下夫妻など、二人目のご誕生が数ヶ月後だというのに」

お義母様はわたしを睨んだ。わたしが何も言い返せないのをいいことに話を続ける。

「不仲説も出回ってるわよ。アルスターニ伯爵家の恥だわ。あぁ、リゼッタがあの子と結婚していたら、おしどり夫婦だったでしょうに。孫だってすぐに抱けていたはず。なんであなたが死ななかったのかしら」

それは……、わたしが聞きたい。お姉様が生きていれば良かったのだ。

もう、お義母様――ミヨルダー夫人の前で笑えない。

わたしは夫人を見送ることさえできず、椅子に座ったまま動けなかった。

王都に借りた薬を作るための研究所で、わたしはレフリーたちが忙しく動いているのをじっと見ていた。

三年の間に研究員が十人に増えた。作業員は六人いる。

研究員は仲間意識が強く、みんな仲が良い。研究好きの集まりのため、共同生活をしていても浮いた話はなかった。

「サリー。お肌プルンプルン美容液がやっと完成したわよ」

研究員のマリーンがビーカーになみなみと入ったショッキングピンクの液体を見せに来た。

わたしはサリーという名の併設の商会を作り、ここで開発した女性用の化粧品や美容品を売り出している。

レフリーの研究の一部を商品化したのだ。きっかけはノートの片隅に書かれていた、他愛のないメモ。それが女性にとって大いに価値のあるものだと気づいたことだった。

そこから様々な品の改良を重ねている。

マリーンが持っているのもその試作品だろうが、色がいただけない。ショッキングピンクは流石に目が痛くなる。

「マリー。色が派手すぎじゃない？」

「そう？　わたしの髪とおんなじだよ」

彼女は残念そうに首を傾げた。

うん。マリーンと同じ色。彼女なら似合うけど……

「可愛いのはわかるけど、使うのにはちょっと、勇気がいるかな？」

「そう？　可愛いのに？」

「色を薄められないの？」

「できない。効果が落ちちゃうよ」

「何かいいアイディアないかしら？」

「じゃあさぁ、パックは？　顔の形に紙を切ってさ、この液つけてペタッて貼るの!?」

「パックか……。それならいいかも。だったら花の匂いとかつけられる？　ラベンダーとかの？」

「匂い？　うーん、やってみる」

「お願い」

「サリー、ちょっとだけ笑顔が戻ったね。あなたが暗いと、みんな暗くなるよ」

ここ最近のわたしはみんなに気を遣わせていたようだ。

「ありがとう。笑顔でいるわね」

「うん。サリーは笑ってるほうがいいよ」

マリーンは楽しそうにスキップしながら自分の席に戻っていく。ビーカーの中身がチャポッチャポッと揺れ動くのを見て、わたしはドキドキした。

一通り研究室を見終わると、ある部屋に入る。わたし専用の部屋である。

そこで秘書をしてくれているエリアナが待っていた。

「サリーナ。お帰りなさいませ」

「エリアナ、いつもありがとう」

机の上には書類が山と積まれている。彼女が仕分けてくれているから、仕事がしやすい。

わたしは椅子に座り机に向かった。

商会の売上に在庫状況。お客様の反応や苦情、要望。今後発売する予定商品の材料発注とその費用。売り出すための根回し。

そして、例の薬の研究に対する追加費用。

読むべき書類がなくなることはない。

「……サリーナ」

「何？」

控えめなエリアナの声に顔を上げる。言いにくそうにしている彼女を見て、またか、と思った。

「あの人たち？」

エリアナがコクリと小さく頷く。

金食い虫たちが来たのだ。

「恩を返せと……」

「そう。いつも通りにしてちょうだい」

「ですが……」

「いいから……」

「……はい」

それだけ言うと、わたしは書類に視線を戻した。


夕方。三週間ぶりに旦那様が屋敷に帰ってきた。

出迎えても返事はない。彼は真っ直ぐに前を向き、わたしの存在などないように振る舞う。荷物もハンスさんに渡して、屋敷の近況も彼に聞いていた。幾人かのメイドたちがそんなわたしを見てクスクスと笑う。

「おかえりなさいませ」

馬鹿にされているのはわかっているが、悲しくはない。もう慣れてしまった。

彼女たちは誰がこの屋敷で働く者の給料を管理しているのかわかっているのだろうか？　いや、わかっている者は少ないだろう。

わたしは旦那様の後ろ姿を見送ると、自分の仕事場に戻る。

まだ、仕事が残っていた。旦那様のことはハンスさんたちがしてくれる。わたしは何もしてはいけない。

夕食が運ばれるまで、一人仕事に打ち込んだ。

やがて侍女頭のラルサさんが食事を運んでくる。

「サリーナ様。お食事をお持ちしました」

机の上にまかないが置かれた。

いつ帰ってくるかわからない旦那様。

それでも毎日、彼の夕食は作られていた。それが食べられもせずに破棄されるのは勿体ないので、いつも一人分だけ作ってもらっている。旦那様がお帰りにならなければわたしが消費し、帰られた時はこうしてわたしの食事がまかないに変わるのだ。

もちろん、旦那様が屋敷で食事をとる場合は三、四品追加される。

そうしてわたしの食費が浮いた分は、使用人たちのおやつ代に当てられていた。

「旦那様は？」

「いつも通り食堂でお食事をとられています」

いつも通り。……わたしがいないのを気にしていないのだ。

「そう」

「サリーナ様。こんなものしかなく、申し訳ありません」

ラルサさんが出した食事は、パンが一つに少しの肉が入った野菜の切れ端を炒めたものと、具がほんのわずかに浮かぶ塩味スープ。

「いつもが贅沢してるくらいよ。みんなはこれだけで足りてる？　若い子が多いんだから、しっかり食べて働いてもらわないと」

「サリーナ様……」

わたしは知っている。

屋敷の人間がもっといいものを食べていることを。そして、旦那様が不在時に作られている彼の分の食事は、本当は彼らが食べていることも。

だから、これは使用人用のまかないではなく、急いで作られた間に合わせなのだ。

でも、知らないふりをする。

気にしていないから。気にしてはいけないのだから……

実家にいた頃と比べれば、この程度のことは些細なこと。

わたしは今日も一人で食事をとる。

塩っけの利きすぎた食べ物。

今泣けば、塩の結晶ができるだろうか？

けれどわたしは、泣くことを忘れてしまったようだった。

わたしは笑えているだろうか？

形だけの妻を演じる。何も気づかない馬鹿な妻を。

そうでないと、わたしの価値は、ない。

〈バルト〉


もう直、君がいなくなって四年目の誕生日が来る。

僕はこの日は必ず自分の屋敷の部屋でそれを祝っていた。

あの日を忘れたことはない。

やつれた君の顔。僕を見る眼差し。骨が浮き出た手が僕を求めてくる。涙を湛えて君は力なく笑っていた。

「わたくしが……」

君はそう言い残して死んでしまった。

でも、僕は覚えている。

キラキラと輝く長く美しい金糸の髪に、僕を映す青い瞳。その笑みは慈愛に満ち、紡がれる言葉は鳥のさえずりのように優しく、僕の心を癒してくれた。

僕は今でも君を愛している。君が妻になるのをどんなに願っていたか。

なのに、君――リゼッタは僕を置いて死んでしまった。

どうしてだ。なぜ天は、君を死者の国へ連れていってしまったのだ。

今、僕の妻はリゼッタの妹のサリーナである。

彼女はリゼッタと全く対照的な印象の女性だ。正直、彼女を好きだったことはない。

だが、金のためにどうしてもサリーナと結婚をしなければならなかった。まだリゼッタとサリーナの妹、エリーゼのほうがましだったのに、末の娘を溺愛する父親が無理やりサリーナを押し付けてきたのだ。

僕がサリーナを良く思えないのは、常々リゼッタが言っていたことが大きい。

「――兄妹の真ん中だから寂しいのか、サリーナはみんなに嫌がらせをするの。あの子は可哀想な子なの」と。

それなのにリゼッタはサリーナに優しく接していた。そんなリゼッタの誠実さに、僕は何度も心打たれたものだ。

リゼッタの影響で、僕もサリーナを気にかけていた。

なのに、サリーナはリゼッタに文句まで言っていたらしい。それを聞いて腹を立てていたのを覚えている。

優しいリゼッタが死に、悪女のサリーナがなぜ生きているのか？

神は何を見ているのか問いたくなる。天の配剤を疑いたくなる。

冴えない姿の嫌な女。――リゼッタの好意を無下にしていた悪女が、自分の妻としてのうのうと生きている。

それを見るだけで気分が悪くなるので、僕はできるだけサリーナを視界に入れないようにしていた。

結婚当初は仕方ないと我慢していたものの、リゼッタが死んだというのに僕に微笑（ほほえ）みながら話しかけてくる彼女が気持ち悪く、いらついたのだ。

リゼッタがいない世界で生きているサリーナが憎かった。離婚できるものならすぐにでもしたい。

だが、そうなれば彼女の実家からの援助を返金しなければならないし、慰謝料も発生する。

どうにもできない。

無力な自分が腹立たしくて仕方がなかった。

自分ができるのは、気に食わない彼女を無視することだけ。


「――ハンス。明日の準備は？」

「手筈（てはず）通り整っております」

明日は二十三回目のリゼッタの誕生日だ。彼女の大好きだった赤い薔薇（ばら）を部屋中に飾ろう。

「いつもありがとう」

一礼して部屋を出ていくハンスを見送った後、僕は自室の隣の部屋に入る。

妻の、リゼッタのための部屋。

リゼッタ好みにした優しい色合いの部屋は、掃除が行き届いていて塵（ちり）一つない。そして、着られることのなかった真っ白なウェディングドレスが飾られている。

「リゼッタ……」

見たかった。

このドレスを着た君を。僕の隣に立つ君を。

美しかっただろう。

幸せな日々が待っていたはずだ。

リゼッタの笑う顔を思い出すと、涙が溢れてきた。

もう彼女を見られないという、絶望。

リゼッタとの思い出がいくつもよみがえる。

あの頃に戻れたらどんなに素晴らしいことか。あの肌に触れたい。声を聞きたい。あの髪に触りたい。幸せだった頃が懐かしい。

僕は泣いた。そのままずっとリゼッタの部屋で過ごす。

朝になり部屋を出ると、薔薇の甘い香りが屋敷中に漂っていた。

屋敷中に真っ赤な薔薇が飾られている。メイドたちが慌ただしく、薔薇を生けた花瓶を運んでいた。

一際赤いベルベットのような手触りの薔薇を二十三本生けた花瓶がリゼッタの部屋に届く。ハンスは本当に気が利く。

それを見て僕は嬉しくなる。

この日、僕はリゼッタの好きだった白ワインを飲みながら、ゆっくりと彼女の死を悼んだのだった。

そうして、僕の大事な休みが終わった。

また、王太子殿下のために働く。

殿下の執務室に置かれた自分の席に座った僕は、机の引き出しから必要な資料を出した。昨日休んだ分、忙しくなる。

なのに、引き出しを閉じようとしたが、きちんと閉まらなかった。

それなりに長く使っているから、滑りが悪くなっているのか？　一度調節しないといけないな。

そう思っていると、王太子殿下が部屋に入ってきた。

物静かな印象の殿下だが、見た目とは違い、意志の強い一面がある。僕はそんな殿下の役に立ちたかった。

「バルト。いつも聞いてるが、本当に屋敷に帰るのは一日で良かったのか？　もっと休みをとっていいんだぞ」

殿下の気持ちはありがたいが、正直、屋敷に……あの女のいる場所には帰りたくない。

「休みはきちんと頂いています」

僕は王宮にある自室で、きちんと休んでいる。

「だが、奥方と会ってはいないんだろう」

「……殿下。知っているはずです」

じろりと見ると、殿下は気まずそうに目を逸らした。

彼も知っているはずだ。王太子殿下も王太子妃殿下も、リゼッタとは学園で親友同士だった。当然、あの女の噂を聞いているのだ。

「しかし、アルスターニ伯爵夫人の評判に悪いものはないぞ」

「それはここ最近のものでしかありません。わたしに媚を売っているのでしょう」

あの女はいつの間にかサリー商会なるものを立ち上げ、手広く商売をしているらしい。商会の商品価値は高く顧客の信頼も厚いと聞く。

だが、それがなんだと言うのだ。

全てあの女の狡猾な計算によるものだろう。

人の本質はそうは変わらないものだ。いずれ化けの皮が剥がれるに違いない。

そうなれば、離婚を突きつけてやれるのに、うまく隠しているのが腹立たしかった。

「お前は毛嫌いしているが、彼女ときちんと話したことはあるのか？」

「話す必要がどこにあるのですか？」

「領地の経営管理もきちんとしているのだろう？」

「してるわけがないでしょう。形ばかりの妻なんですよ。妻としての予算を毎月ギリギリまで使い切って、贅沢してますしね」

あの女に対する不満はいくらでもある。

辛気臭い顔と服。勝手にドレスを作るほどの金遣いの荒さ。生意気で自分勝手なところ。

あげていけばキリがない。

「何を騒いでますの？」

「フレア」

「王太子妃殿下」

王太子殿下と話しているところに、大きくなってきたお腹を抱えて王太子妃殿下が部屋に入ってきた。学園時代と変わらずお美しい。

王太子妃殿下――フレア様は今、二人目の子供を妊娠している。あと数ヶ月で臨月を迎えるそうだ。

正直、羨ましい。自分も子供が欲しいと思う。だが、リゼッタとの子でなければ意味がないのだ。

「バルトの奥方の話をしていたんだ」

殿下がそれまでの会話をかい摘んで説明した。王太子妃殿下は手を頬に当て、にこりと笑う。

「なら、わたくしが見極めてみますわ。ちょうど三日後のお茶会にアルスターニ伯爵夫人を招待していますの。サリー商会の商品を持ってきてもらう予定ですのよ」

サリー商会？　そんな話は聞いていない。ハンスも言っていなかった。

あの女が勝手に決めたのか？　余計なことをしでかさなければいいのだが……自分の立場がどういうものか、もう一度はっきり彼女に言っておくべきだな。

「わたくしもリゼッタが話していた妹に会ってみたかったのよ。リゼッタが死んでも図々しく生きている彼女に物申したいもの。バルト、あなたの奥様を潰したらごめんなさいね」

不気味なほどににこやかに笑う王太子妃殿下の姿を見て怖いと感じる反面、潰されるあの女のことを考えると、俺は嬉しくなったのだった。

◆◆◆

馬車の中で、わたしは王太子妃殿下からのお茶会の招待状を眺めた。

妊娠による肌トラブルが気になっている王太子妃殿下は、わたしたちの開発した化粧品の説明が聞きたいとのことだ。

嬉しいことではある。王太子妃殿下に認められたとあれば、箔がつく。

だが、わたしは自信がなかった。

人見知りだし、引っ込み思案。いつもお姉様の後ろに隠れていたのだ。そんなわたしが王太子妃殿下の前できちんと話せるだろうか……

手が小さく震えている。手だけでなく気持ちも折れそうだ。

「自信を持ってください」

目の前に座っていたエリアナが手を握ってくれた。

「あの、人にお世辞の言えないデリカシーのないレフリー（おとこ）がサリーナを見て褒めたんですよ。いつものサリーナならできます」

今日は少しだけ仕立ての良い紺色のドレスを着ている。派手ではないがみすぼらしくもない。商会の代表として相応（ふさわ）しいものを選んだのだ。くすんだ金色の髪は一つにまとめ上げ、アルスターニ伯爵夫人としても恥ずかしくない程度の最低限の化粧をしている。

もちろん美容品を主要に売っているサリー商会なので、全て自社の製品を用いていた。

そんな化粧映えしないわたしを、研究所を出る時に出くわしたレフリーが珍しく褒めたのだ。彼は顔を真っ赤にしていたものだから、つい笑ってしまった。

それを思い出し、顔が緩む。

「その顔のほうが可愛いわ」

「お世辞でも嬉しい」

つまらないわたしの返しに、エリアナの顔が一瞬曇った。彼女は時々、そんな顔をする。

でも、嬉しいことを言われても、恐怖が残っているわたしは素直に喜べないのだ。

「サリーナ。大丈夫です。あの人たちはいません」

エリアナが子供を諭すように言う。

そうだ。お姉様しか見ない人たちはいないのだ。だから恐れなくていい。

わたしは大きく深呼吸をした。震える手を握りしめる。

やがて会場に着くと、しっかりと顔を上げた。

下を向くな。前を見ろ、と自分に言い聞かせる。唇の端を上げ、真っ直ぐに正面を見据える。

気持ちを大きく持っているように見える姿をイメージして、わたしは笑ってみせた。

招待されている人たちの顔ぶれを見て驚いた。

我が商会の常連のお客様も幾人かいるが、公爵家や侯爵家の女性が軒並み揃っている。

当然、サリー商会だけではなく、他の有名な商会も来ていた。彼らがジロジロとこちらを見る。

サリー商会の宿敵とも言える、ハリエルド商会の社長、ポーラ・ハリエルド伯爵令嬢の姿もあった。

彼女は確か、わたしと同い年だったはずだ。

わたしとは対照的な女性だ。ふわふわの銀糸の髪に爛々と輝く紫水晶の瞳。その勝気な瞳が特に印象的だった。

ポーラ様は流行りのドレスを身にまとっている。よく似合っているが、この場では少し派手に感じた。

彼女も王太子妃殿下に呼ばれたのだろう。

ハリエルド商会が売り出している美容品は、若年齢層を中心に人気がある。

ポーラ様はわたしたちに気がつくと目を大きくし、すぐに嫌そうな表情でふんっと顔を背けた。

耳元でふふっと不気味な笑いが聞こえる。見ると、隣に立つエリアナの艶やかな唇が弧を描いていた。目もギラギラしている。

「ハリエルド商会のポーラ様も来てましたか。グランド商会やヘミーズ商会もいますね。錚々たる商会が揃ってます」

「そうみたいね。でもエリアナ、わかってるわね」

彼女が暴走しないように、念のために釘を打っておく。

「はい。一番の目的は『薬』ですものね。補助はわたしがしますので、サリーナは捨て身で『薬』をアピールしてください」

「……善処します」

エリアナは持ってきたもの全て売り捌く気だ。彼女の笑顔がとても怖い。

もうすでに、のんびりとしたお茶会という雰囲気はなかった。

順番に王太子妃殿下をはじめとした高位の貴婦人の前でそれぞれの商会がプレゼンテーションを行うのだから。

優雅にお茶を飲んでそれを聞いていられるのは、王太子妃殿下と奥方様たちだけだ。にこやかに笑いながら説明を聞いている彼女たちの姿は、獲物を品定めしているように見える。

彼女たちは品物を手に取り使用感を確かめて、気になることを質問した。時折、意見することもある。その手厳しい意見に、口ごもる商会も出た。

ハリエルド商会のポーラ様は、王太子妃殿下に化粧水をすすめていた。説明する声のイントネーション、強弱や間の取り方がうまい。座っているこっちまで聞こえてくる声音に引き込まれた。

「こちらの、ハンドクリ――」

その時、突然、声が止まる。仄かな甘い匂いがこちらにも漂ってきた。

鼻腔をくすぐるその匂いに、わたしは思わずエリアナを見た。彼女も気づいたのだろう、わたしに向かって頷く。

そして、ポーラ様自身も気づいていた。顔が一瞬にして青褪める。

見ていられず、思わずわたしはポーラ様に近づいた。

「ポーラ様、それはわたしがお願いしたもの、ですよね」

「サリーナ、さま……？　……そ、そうでしたわ。あなたがどうしても欲しいというから、よけておいたのに、交ざってしまったみたいね。王太子妃殿下失礼しました」

「あら、そうなの？　でもわたくし、それも気になるわ。ぜひ、どんなものか教えてちょうだい」

「えっと……」

　ポーラ様の目が泳いでいる。

　彼女は言えない、言えるわけがない。匂い程度では大した影響がないとはいえ、あのハンドクリームは堕胎薬にもなる植物で香り付けされていた。

「王太子妃殿下。これは中身と外見が違うのです。実はここだけの話ですが、デリケートな所がよく痒くなりまして、ポーラ様に相談しましたところ、このクリームを教えてくださったのです。恥ずかしいので可愛いケースに入れてほしいとお願いしておりました」

　話を合わせて！　そう目で訴えると、ポーラ様が気づいて合わせせはじめる。

「そ、そうですわ。王太子妃殿下は今、サリーナ様よりデリケートな肌になっていらっしゃるでしょうから、これはきつすぎると思います。サリーナ様、だから今度渡すって言ったじゃないの」

「ごめんなさい、ポーラ様。待てなくて」

　ポーラ様がびっしょりと汗をかいた手でわたしにそのクリームを渡してきた。わたしはそれをお預かりして、周りの悪意ある視線を振り切り自分の席に戻る。

　その後のポーラ様はプレゼンテーションを立て直せなかった。用意された席に帰る顔は暗い。

　グランド商会の代表がニヤニヤと笑っているのが横目で見えた。人の失敗を笑うのはいただけない。

　だが、そのグランド商会のプレゼンテーションもグダグダに終わる。

　説明慣れしていないのか、自社製品の成分を覚えていないのか、公爵夫人らの質問に答えられなかったのだ。油断していたのだろう。紹介をするだけでは商品の説明にはならないのに。

　美容に精通している夫人たちの集まりなのだから、想定できる質問ばかりだったと思うのだが。

　そして、最後にわたしのサリー商会が呼ばれた。

　わたしたちは王太子妃殿下の前に出る。エリアナが目の前の小さなテーブルに持ってきたものを並べた。鮮やかなピンクのケースはいつ見ても可愛く目を楽しませてくれる。

　それを見て、すっと気持ちが落ち着く。

　わたしはゆっくり息を吐くと、くっと顔を上げた。

「サリー商会代表のサリーナ・アルスターニです。先ほどは失礼いたしました」

「いえ、いいのよ。あなたの旦那様であるバルト・アルスターニ伯爵は、王太子殿下の臣下として良い働きをしてくれてるわ。そんな彼の、公式な場に出てこない深窓の奥方に会えて嬉しいわね」

「ありがとうございます」

王太子妃殿下の目は怖い。人の内面まで観察するかのような光を持っていた。

その強い眼差しにわたしは一瞬、怯みそうになる。

「何から見せてくれるのかしら？」

彼女はゆっくりと微笑む。

わたしは可愛い小瓶を一つ取り、蓋を開けてタオルに透明の液を多めに垂らす。そして、そのタオルで自分の顔を拭いた。

「えっ？」

周囲が驚きの声を上げる。

実際に使いながら説明するとは思っていなかったのだろうか？

「これはクレンジングオイルです。肌の弱い方や妊娠されている方でも安心してお使いできます。一拭きでどんな化粧でも落ちますので、肌に負担をかけません。次は化粧水ですが、今回はこちらのパックを――」

「待って！」

突然、止められる。

なんだろうか？　みんな、固まっていた。

「あなたの素肌、なんで綺麗なの……？」

「素肌を晒せるの？」

んっ？　肌？　人前で化粧をしていない肌を晒すのはダメだった？　もしかしてわたし、やっちゃった？

「ちょっと、待って!!　なんで、染みもそばかすもないの？」

「どんな手入れをしてますの？」

「えっと……普通にこちらにも置いています洗顔石鹸と化粧水を使っているだけです」

「成分は何!!」

ご婦人方の勢いが怖い。目がギラギラしている。鼻息も荒い！

王太子妃殿下と違う意味で怖い。

「えっ……と、アルーエとミツロウで作った石鹸です。アルーエは一般的に怪我に効能があると知られています。それにミツロウは乾燥を防ぐ効果があります。化粧水はヘルチから取れたものです。こちらも保湿力が高いとされています」

ふんふんと頷くご婦人方。

「こちらのピンクのものは、アルーエの同種になるハルーイから取れた成分で作ったパックです。こうして……」

マリーンが作ったパックを自分の顔に貼る。ショッキングピンクの色はド派手ではあるが、可愛い。

「目安は色がなくなるまでです。容器ごと少し湯煎して温めると、癒し効果も期待できます」

面白いことに、マリーンが開発したショッキングピンクの液体は乾燥すると色がなくなるのだ。

数分後に白い色になったそれをペリッと剥がすと、下からぷるぷるのお肌が……

「触らせてくださいまし‼　ふぉっ⁉」

とある公爵夫人の肉のついた指が、わたしの頬を突く。

「わたくしもいいかしら。まああああぁっっ！」

有名公爵夫人も突いてきた。それを皮切りに、ほぼ全員が近寄ってくる。そして頬を突いては、
ブツブツと独り言を呟き、席に戻っていった。

王太子妃殿下は触りこそしなかったが、愉快そうにこちらを眺めている。

「妊婦のわたくしにも使えるのかしら？」

「もちろんでございます。誰もが使えるように作っておりますので」

「そう」

その後も、わたしたちは持ってきたものを紹介した。

後は——

「なかなかだったわ。これで終わりかしら？」

「最後に、こちらも紹介してもよろしいでしょうか？」

「あら、隠し玉があったの？」

王太子妃殿下が不思議そうな顔をする。

ここからが本番だ。このために来たのだ。

わたしはエリアナから飾りけのない茶色い小瓶を受け取り、王太子妃殿下の前に出す。

「こちらは、王太子殿下に特別に持ってきたものでございます」

直後、彼女の雰囲気が変わる。目つきも先ほどとは違う尖ったものになった。

きっと媚薬か何かだと疑っているのだろう。

王太子妃殿下は王太子殿下にべた惚れだと有名だから。

周囲からも「命知らず」という囁きが聞こえてきた。これ以上誤解が進まないよう、わたしは説明を始める。

「こちらはエフタール風邪の特効薬になります」

「……なっ⁉」

ざわめきがぴたりとやんだ。

「こちらもご検討をお願いしたく存じます」

エリアナが片付けて何もなくなった机の上に小瓶を置く。

「ふふっ」

王太子妃殿下が唇を歪め、笑う。

お綺麗な顔立ちである分、その笑みには怖いものがあった。目にはなぜか憎しみに似た色が宿っている。

「ほんと、聞いていた通り小賢しいのね」

聞いていた通りとはなんだろうか？　どうして、そんな目で見られるのか？

「リゼッタが可哀想だわ」

お姉様？

お姉様の名前が王太子妃殿下の口から出るとは思わなかった。息苦しくなる。

「意外かしら？　リゼッタとは学園時代の親友なの」

学園時代の親友？

お姉様から聞いたことはなかった。わたしはお姉様の学園生活を知らない。

「サリーナは学園に行かないのだから、知らなくていいのよ」

いつもそう笑いながら、はぐらかされたのだ。

「我儘ばかりという噂は本当みたいね。先ほどのハリエルド商会の品物。あの匂いは堕胎剤の匂いよね。あなたがハリエルド商会を陥れるために頼んだのかしら？」

我儘ばかり？　ハリエルド商会を陥れる？

違う。していない。

周囲の人たちがざわざわと話し始めた。

「バルトも可哀想だわ。あなたみたいな女を妻にするしかないなんて。リゼッタも可哀想。どうしてリゼッタが死んであなたが生きているのかしら？」

旦那様が可哀想……？

お姉様が可哀想……？

自分の鼓動がドクドクと大きい音を立てている。

王太子妃殿下が立ち上がり、ゆっくりと近づいてきた。目の前に来て、わたしを睨み付ける。

「リゼッタはよく言ってたわ。サリーナは家族の愛を独占したいからと我儘ばかりを言う。リゼッタや妹たちに意地悪までするって、泣いてもいたの。それでもリゼッタはあなたに優しくしていたはずよ」

家族の愛を独占？

そんな真似、したことがない。

家族のみんながわたしを無視していた。

お姉様だけが優しくしてくれて……、そんなお姉様に意地悪なんてしたことない。

「そんなあなたがバルトに愛されるはずがないでしょう。なのに、アルスターニ伯爵の威を借りてやりたい放題してるみたいね」

「やはり不仲説は正しかったのね」

「例の虐め（いじめ）の噂（うわさ）は本当でしたのね」

「まさか、リゼッタ様の病死は偽り（いつわり）？」

「サリーナ様が？」

ひそひそと交わされる会話。

違う！

そう叫びたかった。

でも、言葉が紡げ（つむげ）ない。怖くて。

そして理解できなかったから。

お姉様がわたしを悪く言っていたことが――

お姉様が言うわけはない。

いつも、わたしを守ってくれていた。わたしの味方だった。

それなのに、いない所ではわたしを貶していたの？

嘘嘘嘘っ！　嘘よ。

でも、王太子妃殿下が嘘をついていないのは、その目を見ればわかる。

やはりお姉様は、わたしを酷く言っていたの？

ただ、そう考えると腑に落ちることがある。旦那様がわたしを見向きもしない理由だ。

そうか、そうなのか……

「バルトに愛されないから、殿下も狙うわけ？　こんなもので殿下をたぶらかそうなんて、最悪だわ。これは何？　媚薬なの？　それとも危ない薬かしら？」

「……違い、ます。それは、本当にエフタール風邪の薬です。これで、この薬で、風邪の死者が減らせます。使用の認可が欲しいだけです」

信じてほしい。

ふいにパンッと頬が鳴った。王太子妃殿下に扇子で叩かれたのだ。

「信じられないわ。商品はともかく売主が信用ならない。サリー商会は信用に値しないということよ。少しはましかと思っていたけど残念だわ。信じることさえ無意味ね。さあ、お帰りなさい。帰って、これ以上バルトに恥をかかせないためにも身の振り方を考えることね」

足に力が入らず倒れそうになるわたしを、エリアナが支えてくれた。

「サリーナ、帰りましょう」

頬が痛い。

胸も痛かった。

折角のチャンスに何もできなかった。

わたしはやはり無力な人間なのだ。


わたしには兄と姉、妹と弟がいる。

いた、と言ってもいい。

勉強も剣技もできる優秀な五歳上の兄、ロイド。美しくて、聡明な三歳上の姉、リゼッタ。甘え上手で可愛い一歳年下の妹、エリーゼ。身体が弱くてすぐに熱を出す優しい三歳下の弟、アルク。

ちょうど真ん中にいるわたしは空気のような存在だ。

後継として期待される兄。世間からも注目されていた姉。父に溺愛されている妹。病弱な弟は甲斐甲斐しく母が看ていた。

手のかからない子供。それがわたし。

忘れても大丈夫。いなくても大丈夫。我儘を言っても聞いてもらえない。

逆に怒られるのだ。

「兄と姉の後だと言っているだろう」

「お前は姉なのだから、妹と弟を優先しろ」

わたしは兄と姉の後で。妹と弟はわたしより先に。

それが我が家のルールだ。

いつしか、彼らはわたしを見なくなっていた。

わたしは学園にも行っていないし、社交界にデビューもしていない。

学園に通うのはお金がかかりすぎると言われた。仕方なく、家庭教師をつけてもらい基礎だけを学んだ。それで家庭教師から褒められても、両親は当然のことだと言う。優秀な兄や姉をもっと見習え、と。

デビュタントは妹と一歳差なのだから一緒にすれば良いと言われたが、妹のデビューの時はすでに行ったことにされ、ドレスの用意すらなかった。

悲しい。

それをお姉様だけが慰めてくれたのだ。

兄にも、妹や弟にも見下されている。日頃の鬱憤をぶつける都合の良い存在と思われていた。

何をしてもダメなわたしは出来損ないだから。

ただ怒られないようにじっと息を殺して生きてきた。

いつも自分に自信がなくて、家族を前にすると言葉が出なくなる。

でもお姉様だけは違った。わたしを見てくれた。

わたしはお姉様に慰められながら生きていたのだ。

「サリーナは気が弱いから……でも大丈夫よ。わたしからお父様に言ってみるわね」

「無理をしなくていいのよ。わたしが力になってあげるからね」

「あなたはそのままでいいのよ、サリーナ」

「サリーナのためにわたしがいるのよ、安心して」

お姉様の声が聞こえてくる。

お姉様がいなくなって、どうすればいいかわからなかった。守ってくれていた腕がなくなったのだ。

怖くて、戸惑った。

それでも、お姉様に恥じないように生きようとしていた。お姉様がいたら……、お姉様なら……、そう考えて行動した。

お姉様を理想にして頑張ってきたのだ。

でも、みんなはわたしの後ろにお姉様を見る。死んだお姉様を見るその目が怖くて、わたしは自分の言いたいことが言えない。

努力していれば、いずれわたし自身を見てくれる。

ずっとそう思っていたのに、違った。

みんなが見てくれないのは、わたしのせいではなかったのだ。

お姉様は嘘をついていたのだろうか？

あのお姉様が、嘘を？

誰に？　どんなふうに？

ううん、お姉様はそんなことしない。わたしの大事なお姉様はそんなことしない。

わたしを貶(おとし)めようとしていたのだろうか？　どうして？

ううん、するわけがない。

わたしを抱きしめてくれたもの。あの温(ぬく)もりは確かに本物だった。

頭の中がまとまらない。

今わかることは、わたしが失敗したことだけ。

夜会に行かないわたしにとって、このチャンスはかけがえのないものだったのに。

どんな形であれ薬に興味を持ってもらえれば、国王陛下まで声が届くと考えていたけれど、ダメだったのだ。


「――ごめん。エリアナ」

帰りの馬車の中、落胆しているように見えるエリアナに声をかける。

けれど落胆どころか、彼女は鼻息を荒くして怒っていた。小さな声で王太子妃殿下の悪口をぶつぶつ呟(つぶや)く。

わたし以外には誰もいないから、聞いていないふりをする。そのまま窓の外を見た。

喧騒(けんそう)が窓越しに聞こえてくるのに、わたしの心は虚(むな)しい。

「お姉様は……、わたしがお嫌いだったのかしら……」

信じていたものが全て崩れ落ちた気がしていた。

〈フレア〉


お茶会はとても気分良く終わった。

言いたいことが言えたのだ。ずっと思っていたことを。

大事な親友であるリゼッタを、わたくしは忘れない。

初めて彼女に会ったのは、学園に入学した日だった。同じクラスで隣に座った彼女。

金の髪が綺麗で印象的だった。窓ガラスから入る日の光が髪に当たりキラキラと輝いていたのだ。

リゼッタは明るく聡明な子だった。笑った顔を見て、花が綻(ほころ)ぶってこういうのを言うのだと感じるくらい。

身分がもっと上なら、彼女こそ王太子妃候補に入っていたはず。

でも、リゼッタはバルトが好きだった。政略的な婚約者同士だとは思えないくらいお互いを思い遣っていて、いつも一緒。羨(うらや)ましく思ったのは一度や二度ではない。わたくしも王太子殿下――マトリック様とそんな関係を結びたいと思ったもの。

加えて、リゼッタの話は楽しかった。どこから話題を持ってくるのか不思議に思うほど。彼女の語るどんな話にも引き込まれた。

彼女と過ごした毎日は本当に楽しく充実していた。

そんな彼女の顔を時々、曇らせるのが、妹のサリーナについての話題だった。

「すぐ下の妹が暴れたの。あの子は寂しがりだから気を引こうとしてるのよね」

「学園？　行かないって駄々をこねたのよ。両親もお手上げみたい。でも、わたしはあの子と根気良く付き合っていくつもりよ」

「妹がデビューしなかった理由？　ドレスが気に入らないんだって。似合ってるってわたしは言ったのよ。気分屋なの。次はもっといいものをすすめるつもりよ」

リゼッタは健気だった。

彼女のお兄様や下の妹、弟には会ったことがあるが、わたくしはサリーナとだけは面識がなかった。

一度、何かの折に遠目から見た時、美しい名馬の中に一頭だけロバがいるような印象を持ったのを覚えている。

わたくしたちは学園を卒業しても仲が良かった。よくお茶会もしていた。お互いになかなか進まない結婚に対して愚痴を言い合ったこともある。

ところが、結婚が一年後に迫った冬、エフタール風邪が流行ったのだ。

お父様が風邪にかかり、わたくしの家はバタバタしていた。

なかなか下がらない熱。どれだけ心配したか……

ようやくお父様の容体が回復した頃、リゼッタの死の報がもたらされる。

嘘だと思った。何かの間違いだと――

でもリゼッタは死んだ。

最後の別れで見たリゼッタは、ただ眠っているだけのようだった。

なのにじっと佇むサリーナの横顔に、無性に腹が立つ。

リゼッタがどうして死ななければならなかったの？　誰かが死ななければならないなら、サリーナでも良かったのでは？

リゼッタは今ここで死ぬべき人物ではなかったはず。

世の中の理とはなんなのか？

わたくしはサリーナを憎むことでしか、リゼッタの死が受け入れられなかった。

確かにサリーナの出した商品はどれも素晴らしいと感じた。でも所詮、取り繕ったものばかりの気がする。

それに、彼女はハリエルド商会の足を引っ張ろうとしていた。

匂いでわかったわ。あれがなんなのか。

わたくしの子供に害をなすなんてもってのほかよ。

不敬罪として牢に入れても良かったものの、流石にアルスターニ伯爵の名前に傷をつけるわけにはいかない。

でもあれなら、バルトも離婚を切り出しやすくなるわよね。

リゼッタ。わたくしはあなたのバルトを守ったわよ。

「――殿下、こちらはいかがいたしましょうか？」

侍女が茶色い小瓶を見せた。

なんでまだ持っているのかしら？

「エフタール風邪の特効薬と聞きました。これがあれば……」

「そんな嘘を信じるの？」

「ですが……」

侍女は口をつぐみ、項垂れる。

そういえば、彼女の夫はあの風邪で亡くなったのだったかしら？　あれは特に庶民の間で蔓延したものね。

お父様もかかったけど、ちゃんと薬を飲んだから治ったわよ。苦いらしいけど。薬が買えないのがいけなかっただけじゃない。

リゼッタもきちんと飲めれば良かったのに……

買えなかった？　ううん、そんなことないわ。貴族だもの。

じゃあ、何かの事情で飲めなくて……

そうよ、改善すべきはそこなのよ。

味を甘くするとか、飲みやすくするとか、そういったことだわ。

すでに薬があるのだから、わざわざ新しいものを作らなくていいじゃない。

王太子殿下に気に入られたいからと、サリーナはあんな嘘をついて、許せないわ。絶対に許せない。

「捨てなさい」

「……かしこまりました……」

侍女は一礼して去っていく。

わたくしはマトリック様のもとへ意気揚々と向かった。


「――リゼッタの言う通りの女だったわ」

マトリック様の執務室に入ると、わたくしは開口一番に告げた。

マトリック様もバルトも、何事かとこちらを見る。

わたくしはお茶会であったことを全て説明した。小瓶の中身についてだけは、気分が悪いから伝えない。マトリック様が喰いついて、あの女に興味を抱いてはいけないもの。

「王太子妃殿下。申し訳ありません」

バルトが立ち上がりばっと頭を下げる。

「あなたが謝る必要はないわ。全てあの女がしたことですもの」

手を強く握りしめて怒りを露わにしている彼に優しく言った。

バルトのせいではない。あの女がリゼッタを差し置いて幸せになろうとしているのが悪いのだ。

「フレア。本当に彼女はそんな女性だったのかい？」

マトリック様がわたくしを見つめて静かに聞いた。深くて美しい青い瞳がわたくしを見ている。

どうして、そんなことを言うのよ？　わたくしを信じてくださらないの？

「アルスターニ伯爵夫人の兄、ロイドが先日、近衛隊に配置換えになっただろう。それで彼と話をするようになったんだ」

ロイド？　あぁ、確かリゼッタのお兄様だったわよね。騎士として働いていたはず。優秀と聞いたことがあるわ。

学園時代、よくリゼッタが自慢の兄だと言っていた。彼は近衛兵になったのね。

「彼から聞いたものと、リゼッタ嬢から聞いたアルスターニ伯爵夫人の人物像とが、かけ離れているんだ」

なに、それ？　そんなことが気になるの？

「いつもリゼッタ嬢の後ろに隠れているような物静かな女性だと、ロイドは言っていたが？」

「殿下は知らないから、義兄さんの言葉を鵜呑みにしているだけです」

「そうですわ。彼女、お茶会でもしっかり生意気なことを言ってましたっ!!」

どこが、物静かよ。マトリック様に取り入ろうとする雌豚じゃないの。思い出すだけでも腹が立つ。

「確かに僕は彼女と会ったことがないよ。だからこそ噂だけで判断したくないだけだ」

つまり、それはリゼッタの言葉を信じないということなのかしら？　リゼッタを馬鹿にする気？

たとえ大好きなマトリック様でも許せないわ。

「会話もせず一方的に決めつけたくないし、責めたくはない」

「マトリック様はわたくしを信じないと言うのですか？」

「そうは言ってないだろう」

「リゼッタを疑うのですか？」

「フレア⁉」

「リゼッタは嘘をついていないわ。死んだリゼッタを侮辱しないで‼」

気分を害したわたくしは部屋を出た。

馬鹿馬鹿馬鹿。リゼッタが可哀想。

好きな人と結婚もできずに死んでしまった彼女が哀れだわ。

なんで、リゼッタが死んでしまったの？　死ぬなら必要のない人が死ねば良かったのよ。

◆　◆　◆

わたしは帰宅の途中で研究所に寄り、薬の売り込みに失敗したことをレフリーに謝った。

「サリーナのせいではありませんよ」

彼は優しく笑ってくれたが、申し訳ない。折角（せっかく）の機会を潰してしまった。

この薬が認可されたなら、貧しい人にも行きわたるはずだったのに。

効能を上げコストを最低限に抑えるために、レフリーが苦労して作り上げたものだ。

あと四ヶ月もすれば、冬が来る。エフタール風邪がまた猛威を振るうかもしれない。

悔しい。

王太子妃殿下の一言で、わたしの商会の信用は落ちた。自分の事業がこれまでのようにいかなくなって、お店は縮小するか、閉めることになるかもしれない。当然、研究に回せる予算も減ってしまう。今までのようにはレフリーに出資できなくなる。

素晴らしい薬が、世の中に出回らなくなるのは嫌だ。

どうにかしないといけない。

「サリーナ、大丈夫ですか？」

レフリーが気遣ってくれる。

嬉しいが、これからのことを考えると気が重く、進むべき道がわからなかった。

「サリーナ……、お客様が……お会いしたいそうです」

エリアナが控えめに部屋に入ってくる。そして、嫌そうな顔で来客を告げた。

その顔を見て、わたしは眉を寄せる。

エリアナがそんな顔をする相手は決まっている。わたしの両親にだけだ。

事業を起こして稼ぐようになると、彼らはわたしにお金をせびるようになった。

「親孝行をするのは子供の義務だ」

そう言ってきたのだ。

そのお金で好き勝手しているのは知っている。

拒否したかったが、そうすれば怒られる。責められ、詰(なじ)られる。

お金を渡せば、笑ってくれる。褒めてくれる。

だから断れない。

まだ両親に何かを期待してしまうのだ。何も変わらないとわかっているのに——

わたしはお金だけをエリアナから渡してもらうようにしていた。彼らがわたしに会うことはなかったのに、会いたいだなんて……

わたしは会いたくない。

彼らを前にすると、わたしは何も言えなくなる。

でも、会わないと何を言われるか……

「……わかったわ。通して……」

珍しく三人で現れる。父と母、妹のエリーゼだ。

相変わらずエリーゼは美しかった。ますますお姉様に似てきた。流行りのドレスがよく似合っている。

「王太子妃殿下の不評を買ったんですってね」

エリーゼがわたしを馬鹿にするように言う。

ついさっきのことだというのに、もう知れわたっているのか。相変わらず耳ざとい。

情報屋でも雇っているとか?

いや、そんなことにお金を使うわけがない。単にエリーゼが噂好きなだけなのだろう……

三人は蔑むようにわたしを見た。

「なんてことをしたんだ！　アルスターニ伯爵家に迷惑をかけてどうする！　我が家も潰す気か⁉」

「やっぱり、ダメな子ね。才能もないのにこんなことをするからよ」

「お姉様。もう少し身の丈を考えてみてはいかがです？　妹として恥ずかしいわ」

そしてギャーギャーと喚く。

エリアナもレフリーもいるのに、わたしへの悪口はとどまることを知らない。彼らはひたすら、わたしのどこがダメなのかを語っていた。

顔立ち、服のセンス。性格。話し方、立ち方、笑い方。全てを否定していく。人格さえ……

「王太子妃殿下の不評を買ったからには、もうサリー商会は地に落ちたも同然だ。だからエリーゼに譲りなさい」

何が「だから」なんだろう。代表が変われば持ち直すとでも言いたいのか？

「エリーゼならあなたと違ってやっていけるわ」

「姉なんだから妹に譲りなさい」

「お姉様はもういなくていいのよ」

エリアナとレフリーがハクハクと口が動かす。わたしのために怒っているのだ。

「……少し考えさせてください」

妹に譲って、果たして商会の信用が変わるものだろうか？

「一ヶ月待ってやる。早く決めろ。いいな」

三人はいいだけ言うと、嵐のように去った。

「サリーナ！　あなたねぇ!!」

直後、エリアナが眉を吊り上げてわたしを見る。

「エリアナ。わたしではもうダメよ」

「サリーナ！　諦めないでくれ。サリー商会は君のお店だろ!!」

そう、わたしが作った大事なお店。

でも、わたしのせいでダメになった。

わたしがダメな子だから。

手で顔を覆う。泣きたいのに涙が出てこなかった。


その後、わたしは屋敷に帰った。

今日の仕事がまだできていない。一日休んだだけで大変なことになる、次々に増える仕事。旦那様は王宮でのお勤めが忙しいから、わたしが処理をしなければならないのだ。

それにしても、屋敷の人間は本当にみんな優秀だ。きっと、今日あったことを全て知っているのだろう。こちらに向ける視線が痛い。軽蔑の目でわたしを見ている。

わたしはアルスターニ伯爵家に恥をかかせた。明日にはミヨルダー夫人が血相を変えて来るだろう。そしてまたお姉様と比べるのだ。

離婚を口にするかもしれない。

どうしよう。離婚なんてできない。そうなれば、お父様たちに迷惑がかかる。

お姉様の悲しむ顔が浮かんだ。旦那様の顔も。

旦那様にだけは、わかってほしい。

きちんと話をしたい。誤解を解きたい。謝りたい。

わたしはこれ以上、今日の出来事について考えたくなくて、仕事を無理やり進めていった。

「サリーナ様。旦那様が帰ってこられました。サリーナ様をお呼びです」

しばらくして、ハンスさんが旦那様の帰りを告げる。

前回、屋敷に帰ってきてからそれほど日が経っていなかったので、油断していた。慌てて、出迎える。

だが、旦那様を目の前にして固まってしまう。彼の目には怒りと憎しみが宿っていた。

「……おかえりなさい、ませ」

声が引き攣る。

旦那様は目の前に立つと、パンッとわたしの頬を打った。

「なぜ叩かれたかわかっているよな。よくも王太子妃殿下の前でやってくれたな。僕がどんな思いで殿下の話を聞いたか、わかるか？　余計なことをするなと言ったはずだ。リゼッタならこんなことにはならなかった！」

「旦那様……わたしは……」

聞いて、お願い。わたしの話を聞いて。お願いだから――

「言い訳は聞きたくない。よくも僕に恥をかかせてくれたな。リゼッタなら!!　リゼッタなら……くそっ」

旦那様がわたしを睨み付ける。

言葉が出なかった。

リゼッタお姉様ならこんなことにならなかったの？　わたしだから？

旦那様はそう思っていたのか。

去る旦那様の後ろ姿をじっと見つめる。

後ろではクスクスと笑うメイドたち。

ふらつきながらわたしは自分の部屋に戻る。もう仕事などする気にならなかった。

窓から見える月を眺める。

青白い大きな月が夜空に浮かんでいた。空気が澄んでいるのか、光が明るく部屋の中を照らす。

風がカーテンを揺らした。

「疲れた……」

思わず呟く。

もう、疲れてしまった。わずかな期待をも打ち崩されている。

わたしを見てほしかった。話を聞いてほしかった。信じてほしかった。

そんな期待をしていた。小さな期待を。

けれど、望んだものは与えられない。期待することに疲れている自分に気づく。

好きだったはずの旦那様の顔も声も思い出せない。

今、頭に浮かぶのは、怒りに満ちた鋭い眼差（まなざ）しだけ。

苦しい。逃げたい。全てを放り出したい。

もう、捨ててもいいだろうか？

でも、そうすると、この屋敷は？　領地はどうなるの？

今はどうしようもなく疲れていて、考えられない。

もう、いい。何も考えたくない。

わたしは薄い布団を頭から被り、丸くなって目を閉じた。


朝起きると、すでに旦那様はいなかった。夜中に王宮に戻ったらしい。

わざわざわたしに釘を刺しに帰宅したのだ。それほど、腹に据（す）えかねたのだろう。

そして、わたしと同じ空気を吸うのも嫌だったに違いない。

旦那様の憎しみがこもった瞳を思い出すと息苦しくなる。

ハンスさんは申し訳なさそうにしていた。

彼のせいではない。そんな顔をしないでほしい。

いつも通り自分の机の前に座り、山積みの書類を手に取って、わたしは仕事を始めた。

昨日よりもはかどる。

悩むのはやめた。ひたすら事務的に仕事をこなす。

当然、いつもより早く終わる。

そのタイミングを見計らったように、ミヨルダー夫人の来訪が告げられた。ハンスさんに案内されるよりも先に、目角を立てた夫人が部屋に入ってくる。

「よくもアルスターニ伯爵家に泥を塗ったわね。リゼッタならこんなことにはならなかったわ。あなたは疫病神（やくびょうがみ）よ!!」

鋭い平手が頬に入る。旦那様より手慣れているように感じた。

いつでもわたしを叩けるように練習でもしていたのだろうか？

「離婚しなさい。あなたは必要のない人間です。この屋敷からとっとと出ていって。バルトにはもっといい相手を見つけます。さあ、今すぐに！」

鼻息を荒くしながら、ミヨルダー夫人がドアを指さす。

「大奥様。お待ちください」

ハンスさんが慌てて夫人に声をかけた。

「サリーナ様はバルト様の代わりに領地の経営を担（にな）っておいでです。すぐに出ていかれると、仕事が滞（とどこお）ってしまいます。しばらく、お時間を頂けませんでしょうか？」

彼もわたしが出ていくのに賛成なのか。

それでもハンスさんの言葉に、ミヨルダー夫人は悔しげに親指を口元に当てて爪をかんだ。

そうよね、領地が潤（うるお）っているから、彼女は贅沢（ぜいたく）ができている。楽をしたい彼女が仕事をすることはない。今すぐにわたしを追い出したくても、できないのだろう。

「そうね……。わたくしも忙しいし……、引き継ぎができる代わりの者を見つけてくるわ。三ヶ月……、三ヶ月だけあげる。それまでに身の振り方を考えなさい」

ふふんっと鼻で笑い、ミヨルダー夫人は部屋を出ていった。

「サリーナ様。申し訳ありません。わたくしには……」

ハンスさんが頭を下げるが、わたしは最後まで言わせなかった。

「かまわないわよ。わたしはミヨルダー夫人の言う通り、アルスターニ伯爵家に泥を塗ったんだもの。明日から仕事の引き継ぎの準備に入るわ。領地にも行かなきゃならないわね。ハンスさんに準備を任せてもいい？　領地に行くのに個人的な仕事は終わらせないと。昼から研究所に行ってきます」

「かしこまりました」

これ以上、領地の方々にも迷惑をかけられない。わたしがいなくなっても問題ないように根回しをしなければならないだろう。

どうすればいいかも、どうしたいのかも、今のわたしにはわからなかった。

研究所に行くと、室内が騒がしかった。研究員たちが仕事もせず、ドアから顔を覗（のぞ）かせている。

「サリーナ。お客様です」

エリアナがしかめっ面（つら）で出迎えてくれた。クールビューティーなのに変顔になっている。見る者を絶望の淵（ふち）にでも追い込む気だろうか。

「エリアナ。皺がすごいわよ」

「うっ……」

右手で眉間の皺を伸ばしながら、彼女はくほんっと咳払いする。

「ハリエルド商会のポーラ様とそのお連れ様がお待ちです。すでに二時間ほどお待ちになってます」

「二時間？　それなら連絡を寄越してよ」

「昨日が昨日ですから。あの化け狐が屋敷に駆けつけているのでは？　と思いまして……」

化け狐――ミヨルダー夫人のことか。

確かに夫人がいたら、呼ばれてもここには来られなかった。実際は、いてもたってもいられなかったようで、彼女は朝早く現れたけど……

「エリアナ。ありがとう。それなら用件だけ聞いてくれたら良かったのに」

「直接会いたいのだそうよ」

直接って……

急ぎ足で部屋に行くと、ポーラ様と一人の青年がのんびりとお茶を飲んでいた。

「ポーラ様、申し訳ありません。大変お待たせしました」

「全くだわ。本当に遅いわね」

ポーラ様はプリプリと怒る。でも、それが形だけであるのはわかった。

「ですから、今日は来られるかわからないからお帰りくださいと言ったはずよ！」

エリアナ！

わたしが椅子に座るなり、エリアナが喧嘩(けんか)口調で言い返す。

「わかってるわよ。でも、絶対にここに来ると思ったのよ！」

ポーラ様はふんっと鼻を鳴らした。

「あなたが落ち着けるとしたら、ここしかないでしょう？」

「まあ、そうですが……、近々領地へ行くので急ぎの仕事を処理しようと思ったのです」

昨日からの疲れで建前を考えるのが面倒すぎて、本音を呟(つぶや)く。

「もう、そんなことどうでもいいわよ！　来たんだからそれでいいでしょう。エリアナ！　あんた学園時代から変わらないわね！」

そういえばこの二人、学園で同級生だったと聞いたことがある。

エリアナは伯爵家の三女だったが、政略結婚が嫌だと学園卒業後、家を出て研究所で暮らしている。もともと美容に興味があり、お店に来た際によく話をしていたこともあって、わたしの秘書になってくれた。ご両親は頑(かたく)なエリアナに負け、このまま居場所がわからなくなるよりはいいと結論付けたようである。

「どうしても直接あなたに会いたかったのよ！」

ポーラ様は立ち上がると、頭を下げた。長い髪が床につきそうだ。

「あなたの機転で助かったわ、ありがとう」

「天変地異の前触れ？」

エリアナ……

「うるさいわね。折角しおらしく謝ってるのに」

「どこがしおらしいのよ？」

ポーラ様が顔を上げ、エリアナと睨み合う。

しばらくして先にポーラ様が視線を逸らし、ソファーに座り直した。腕を組んで苦々しげに言う。

「あれの犯人はうちの従業員だったわ。グランド商会にヘッドハンティングされたらしいの。王太子妃殿下の前でミスさせれば、役職につけると約束されていたそうよ。即、首にしてやったわ。やっていいことと悪いこともわからないのかしら!?」

確かに、あれは悪質だ。一歩間違えれば、本当にポーラ様の首が飛ぶとこだった。

「ご用はそれだけですか？」

「なわけないでしょう。謝るだけなら二時間も待つわけないでしょうが！　本題はまだよ。この方があなたに会いたいって言うから案内してきたの。あなたに紹介したいのよ」

ポーラ様が吠える。こんなに話すことがなかったから知らなかったが、意外に可愛らしい方のようだ。

「やっと、紹介してくれはりますか？　ほんま、ポーラはんは子犬のようですなぁ」

今までポーラ様の横でニヤニヤと笑っていた青年がこちらを見た。表情とは逆に、青い目は真剣だ。

よく見ると、長い黒髪を一つにまとめた青い瞳の美丈夫だった。見た目と口調のギャップに驚いてしまう。

他国の方なのだろうか？　訛(なま)っているというより、聞いたことのない独特のイントネーションと言い回し。

「わいはオーランドといいます。すんまへんな。いろんな国の人を相手してますと、土地土地の口調が混ざってもうて。聞きぐるしいかもしれまへんが、よろしゅうお願いしますわ」

「こう見えて彼、帝国のブルモワ商会のトップなの。まあ、ハリエルド商会の取引先なんだけど」

ブルモワ商会――知る人ぞ知る、やり手の大商会だ。

そんな有名どころと知り合いだとは、流石(さすが)、ハリエルド商会。ハリエルド商会は帝国進出をするつもりなのだろうか？

いえ、それより、そのブルモア商会がわたしになんの用なのか。

「ポーラはんから聞きまして、エフタール風邪の特効薬があるそうですな。それをブルモア商会に売ってくれまへんか？」

思わぬ申し出に、わたしは言葉を失った。

「もちろん、ただでとは言わへん。そっちの言い値でええ。なんやったらサリー商会と契約してもええんや」

エリアナと顔を見合わせる。

「信じてくれるのですか？」

「はぁ？」

「何言ってるの？」

ポーラ様に聞き返された。

けれど、王太子妃殿下には否定されたのよ。これが騙りだったらどうするの？

そう言うと、ポーラ様がきっぱり反論する。

「あなたが嘘をつくわけないでしょ。どんな夜会にも出席せず滅多にお茶会にも来ない人が、王太子妃殿下のお茶会に来てまでわざわざあんな嘘をつく意味がないもの」

「ポーラ……。あなた、まともだったのね!?」

「どういう意味よ！　エリアナのくせに!!」

今にもエリアナにかみつきそうなポーラ様をオーランド様が猛獣使いのように押さえる。そのまま彼は真面目な表情で語った。

「三年前、帝国も薬が足らずエフタール風邪でぎょうさんの人が死んだんや、大人も子供も。どうもでききんで悔しかったわ。皇帝陛下もわいたちも、あんな悲惨な光景はもう二度と見たくないんや。もし、その薬で助かるならそれに賭けてみたい」

彼の目には後悔、悲しみとも言える光と怒りに似たものが宿っている。きっと彼も大事な人を失ったのだろう。悲しかったに違いない。同じ経験をしたことがあるからこそ、わかるものがあった。

「わかりました。エリアナ。彼を呼んできて。それと、資料も用意してくれる？」

「わかりました」

エリアナがレフリーを呼びに行く。わたしは棚に置いてある薬を取って、彼の前に置いた。

「これはまだ認可されていません。ですので、勝手に使用すると罪に問われます」

「皇宮薬師長（こうきゅうくすしちょう）の検査後すぐにでも、皇帝陛下に使用許可をもらう予定や。数ヶ月もすれば本格的な季節が来るから、一刻も早くせなならん。……もし彼が帝国にいれば、もっと早くできたと思うんやけど……」

残念そうに言うオーランド様。

「彼？」

「わいの親友の弟や。薬に詳しくて、簡単なものなら作ってた。三年前、その親友とすぐ下の弟の婚約者がエフタール風邪で死んでしもたんや。わいもかかったけど、彼の試作品を飲んでなんとか助かってん……。ほんま、あん時はみんなおかしかった。生きるか死ぬかの瀬戸際で生きとったんや。地獄を見た気がしたわ」

苦々しく、そう続ける。

何があったのだろう……？

わたしはお姉様のケースしか知らない。侍女やその家族がエフタール風邪で死んだことは聞いていても、直接、目の当たり（まあ）にしたのはお姉様だけ。

今でこそ一人で自由に歩けるけど、昔は外を歩く時はいつもお姉様と一緒だった。だから、お姉様が病気になってからは、屋敷の外に出られなかったのだ。

結婚をして初めて、わたしは外の世界を自由に見た。そこは、どこもかしこもボロボロだった。

それがお姉様の最期に重なったのを覚えている。

オーランド様はその光景をもっと近くで見ていたのだろう。

自分のしていることが偽善にも思えてくる。

彼のように真剣だっただろうか？

「オーランドさん？」

その時、レフリーの驚きの声が聞こえた。振り向くと、扉の脇に紙束を抱えたレフリーとエリアナが立っている。

オーランド様の目が大きく見開かれた。次の瞬間、同様に驚いた声を出す。

「レイフリード？　お前なんか？」

知り合いなのだろうか？

オーランド様は急いで立ち上がり、レフリーの前に行ってその顔をまじまじと見るなり泣き出した。

「良かった。生きとったんやな。良かった……良かった……」

「……ご心配をかけました」

「ほんまや。ほんまに心配したんやからな。ちゃんと話せ。そうせんと承知せぇへんぞ」

泣きながらオーランド様はレフリーに笑いかけた。

〈レフリー〉

僕は帝国のアズセル伯爵家の三男として生まれた。

そして一番下の気楽さからか、二人の兄さんたちとは違い自由に生きていたのだ。

一番の趣味は、薬について知ること。

小さい頃から本や図鑑を読み漁り、様々な草や花について覚えた。薬草の効能をもっと知りたくなり、自分を実験体にしたこともある。それを両親や兄たちに怒られることもしばしばだ。

見かねた両親が、自分を実験体にしないこと、きちんと自分の部屋で寝ること、毎日みんなで食事をとること、を条件に屋敷の横に実験室を作ってくれた。おかげで僕は、毎日そこで実験を繰り返し、薬を作っていたのだ。

そうして十歳の頃、婚約者が決まった。タナルーシア兄さんとヤトリ兄さんの婚約も、その頃決まる。

僕の婚約者は同い年のマデリーン。伯爵家の子で、明るく可愛かった。

彼女は薬の研究をしている僕になんでも聞いてくる。けれど、興味があってのことなら良いのだが、質問に答えても「ふぅ〜ん」「へぇ〜」と言うだけ。聞くだけ聞いて、感想もなく終わる。正直、物足りなかった。

それでも、それなりに仲は良かったと思う。

僕は薬の研究の合間に、彼女にプレゼントもした。美味しいと噂のケーキを一緒に食べに行ったこともある。気に入らないことがあるとすぐにいじける彼女のご機嫌をとるのは大変だったが、幸せだった。

だが、それはエフタール風邪が流行る前までのこと。

帝国でもエフタール風邪は流行した。

皇帝陛下は薬師に特効薬の開発を依頼する。僕も気になって独自に調べた。風邪の症状を調査し、今までの文献を読み、似た症例がないか探す。

昔の病気に似た症例を見つけた僕は、当時の治療薬を研究した。

そして、隣接するアルザス国の一部にしか生えていない薬草が有効かもしれないと見当をつける。

だが、それを手に入れるのは困難だった。商人であり、一番上のタナルーシア兄さんの親友であるオーランドさんに頼み、少量ずつ手に入れる。

なかなかできない薬。もどかしい日々。

時間がかかった。

その間に、皇帝陛下の依頼した薬師が薬を作り上げる。それは、大量生産ができない高価な薬草が使われたものだった。当然、高額になる。

それでも売れた。高位貴族が買い占めたのだ。

僕は誰でも手に入れられる、安価で効果のあるものを作ろうと必死になる。

時間は足りなかった。

ようやく試作品が出来上がるのと同時に、タナルーシア兄さんが風邪で亡くなる。ヤトリ兄さんの婚約者も。

遅かった。

全てが遅かった。

タナルーシア兄さんの婚約者であったフラナ様が泣き叫んだ。髪を振り乱して僕に掴み掛かる。

「どうして！　どうして助けてくれなかったのよ。どうして今なの!?　彼は言ってたわ、優秀な弟なんだって!!　なんで、彼が死ななきゃならなかったのよ！　生き返らせなさいよ!!」

彼女の父親がはがいじめにして取り押さえてくれた。

悔しかった。心に穴が空いたようだ。

でも、ここで投げ出すわけにはいかない。

できた薬は、同じく風邪を引いたオーランドさんに渡す。

まだ試薬品のため、副作用があるかもしれない。それでも彼は飲んでくれた。

そして、治った。

認可のされていない、完成もしていない薬を、僕は作り続けた。薬草が少なくてもそれなりの量ができるのが救いだ。病み上がりのオーランドさんを通して、内密に街に出回らせる。

そんな折、マデリーンの妊娠がわかったのだ。

父親は僕ではない。ヤトリ兄さんとの子供だった。

僕が薬を作り続けている間、彼女は婚約者を亡くしたヤトリ兄さんを慰め、そんな関係になったそうだ。いや、もともと彼女はヤトリ兄さんを好きだったのかもしれない。

マデリーンを問い詰めた時、彼女はにこやかに僕に向かって笑ったのだから。

「ごめんなさいね。薬の研究に夢中な根暗な方はどうしても合わないの。その点、ヤトリ様はかっこいいし、素晴らしい方だもの。まさか、タナルーシア様が死んで後継になれるとは思わなかったけどね。フラナ様にも勝ったわ。ふふっ、これでわたしは幸せになれるのね」

その言葉に愕然とした。

僕はマデリーンに「お疲れ様」と言われたかったことに気がつく。

褒められたかった。気遣われたかった。

僕は彼女が本当に好きだったのだ。

だから、全てを放り出して家を出た。

ヤトリ兄さんもマデリーンも見たくなくて。

誰も僕を知らない所へ逃げた――


それでも僕は、薬からは離れられなかった。

アルザス国にある例の薬草を見に行く旅にする。

ろくにお金を持っていなかったので、薬を作って売りながらアルザス国の田舎に向かったのだ。

その薬草は自生していた。村人がそれを売って生活の足しにしている。

道理で、入手が困難だったはずだ。

僕は名前を変えた。見た目も、帝国特有の黒髪を茶色く染め眼鏡をかけて……ボロ小屋を借り、そこで薬草の研究を始める。

村の人はそんな僕を優しく受け入れてくれた。

数ヶ月後。

ちょうど買い出しをしていた時に、領主代理がやってくる。

それは若い女性だった。まだ幼さが残る顔をしているのが遠目からもわかる。

前領主がエフタール風邪で亡くなったため、その息子が新しい領主になり、彼女、サリーナは死んだ姉の代わりに新領主の妻になったばかりであることを、村人たちから聞く。

嫌でも僕は、マデリーンを思い出した。

この女も死んだ者から妻の座を奪ったのか、と嫌悪を抱く。

だが、彼女は思ったような尊大な女性ではなかった。

初めは彼女を敬遠していた村人も、次第に声をかけるようになる。

サリーナはお供もつけず、領主代理とは思えないような地味なワンピースを着て村を歩き回り、会う人、会う人に話しかけているようだ。村の人間が困っていることや楽しいと感じていることを自分で聞いて回っているらしい、と薬を求めに来た人から聞いた。

不思議な女性だ。僕の知っている貴族の女性とはかけ離れている。

彼女たちは押しなべて尊大で、気位が高い……

なのに、村人に僕のことを聞いたのか、彼女はわざわざボロ小屋を訪ねてまでくれた。

僕の研究について話すと、目を輝かせる。

「すごいわ‼　わたしに手助けさせてちょうだい！」

そう言って、汚れている僕の手を取ったのだ。

その後は早かった。

彼女は僕のためにきちんとした家を用意し、研究に必要なものを揃えてくれた。生活の面倒も見てくれる。色が落ちかけたボサボサの髪を切ってもくれた。

それでも僕の素性は聞かない。

……これでは、ヒモ状態。

あまりの高待遇に、どうしてこんなに親切にしてくれるのか尋ねると、彼女はぎこちなく笑う。

「もう死んでいく人を見たくないの」

彼女も大切な人を亡くしたのだ、とその時わかった。

彼女に縋り付くだけではいけない。何か力になれることがあるか聞いた僕に、彼女は言いにくそうに口を開く。

「じゃあ、あなたの持っている知識を貸してくれない？　研究資金を集めるために事業を始めたいんだけど、わたし一人では難しいから」

「もちろん、いいよ」

それから、僕は持っている知識を教えて、彼女はそれを活かした。薬の研究のために薬草を栽培するようになったのだ。そのために人を雇い、村を豊かにしていく。

そんな彼女のためにも、僕は研究に力を入れた。

するとは彼女は、僕がエフタール風邪の特効薬の研究に専念できるようにと研究員を増やし、王都にも研究所を作ってくれたのだ。

そこに彼女を慕う仲間が集まっていく。

その頃には、彼女の生活の実態もわかってきた。

夫から見向きもされず、ひたすら頑張っている姿。

やっぱりマデリーンとは全く違う。

マデリーンにつけられた傷は、サリーナと過ごすうちに癒されていく。

彼女は僕がしていることに関心を持ち、理解しようと努力してくれる。僕を労ってくれる。笑いかけてくれる。

うまく実験結果を出せず投げやりになった時も、寄り添って励ましてくれた。

僕はいつしかサリーナを好きになる。

でも彼女は結婚していた。

どうにもならない思いを抱え、未練がましく彼女と会話する。

僕の手では彼女を幸せにはできない。僕の作る薬で彼女が喜んでくれるなら、それでいい。

それだけで、僕は幸せになれる。

だから僕は、必死でエフタール風邪の特効薬を作り上げた。

村人たちにも治験に協力してもらう。

——それが、認められなかったのだ。

彼女は僕に謝った。自分のせいだと言って。

けれど、エリアナさんの話を聞いても、彼女のせいとは思えない。

顔を真っ青にして謝る姿が可哀想になる。そんなに自分を責めないでほしかった。


そして、今日。

エリアナさんが研究室にいた僕を呼んだ。帝国の商人があの薬を求めたいと言っていると。

商人?

商人と聞いてオーランドさんを思い出す。

元気にしているだろうか?

何も言わずに出てきたのだ。心配しているに違いない。

はたして、部屋の扉を開け目にした人がまさに今思っていた人だった。僕はびっくりしてしまう。

過去の嫌な感情がよみがえるかと思ったが、そうはならなかった。

不思議なほど、気分がさっぱりしている。

ただ、薬を広める望みができたことが嬉しかった。

僕と彼女の夢が叶うかもしれない——

◆ ◆ ◆

「――オーランドさん、お久しぶりです」

「ほんまに久しぶりや」

懐かしそうなレフリーの言葉に、オーランド様が洟を啜り上げた。見かねたエリアナがそっとハンカチを親指と人差し指で摘んで渡す。

それ、商売相手にしたらアウトな態度だと思う。まぁ、涙と鼻水にまみれた顔を見てそうなる気持ちはわからないではないけれど……

「ありがとうな」

オーランド様がエリアナのハンカチでチーンと鼻をかんだ。

「オーランドさん、積もる話は後で。それより風邪の特効薬の販売をお願いできるのですか？」

レフリーはいつにも増して真剣な表情だ。前置きなどすっ飛ばしている。

オーランド様も商人らしい真面目な顔つきになった。

改めて向かい合って座り、わたしたちは話を進める。机の上の茶色の小瓶が輝いて見えた。

「これは完成品なんか？」

「ほぼ、です」

「ほぼ？　どういうことや？　完璧やないんか？」

「いえ、今のエフタール風邪になら効きます。ですが、エフタール風邪が変異した場合に多少の改良の余地があるということです」

「つまり、どういうことや？」

「熱が出やすいなら熱冷ましの成分を、咳が出やすいなら咳止めを加えるといった感じでしょうか」

　オーランド様は茶色い小瓶を右手に取り、フムフムと顎に左手を当て考え込む。

「それは症状を見て手を加えるちゅうことやな。これだけでも効くには効くが、症状によっては治りにくい場合があるちゅうことか？」

「簡単に言えば、そうですね」

「それでも、あるのとないのとでは大違いや」

　そして茶色い小瓶をかざしてニカリと笑った。

「すぐに帝国に持ち帰り、皇宮薬師長の調査後、皇帝陛下に許可をもらって大量生産を始めたい。資料もきちんとここにあるなら、すぐに認可が下りるやろ。レイフリードの名前を出せば陛下は必ず許可する。サリーナはん、ぜひ契約してくれへんか？」

　オーランド様がわたしを見る。

　もちろん、この薬が使えるようになるなら文句はない。

　ただ――

「わたしとではなく、レフリーと契約してください」

「……。はあ？　何言うとんねん。ビッグチャンスやで。この国の王太子妃殿下に睨まれても、帝国で認められたら大出世や！」

「そうよ、サリーナ様！　馬鹿言わないで」

オーランド様とポーラ様が身を乗り出して叫び声を上げる。あまりに声が大きくて、耳が痛い。

「ごめんなさい。そうじゃなくて……」

落ち着いてほしい。

片方の手を耳に当てながら落ち着いてとジェスチャーをすると、二人は姿勢を正した。

「薬に関しては、レフリーとわたしの間に契約関係はないのよ。わたしは彼が薬を作れるように出資してるだけなの」

「「はぁ？　はああああぁぁぁぁ⁉」」

二人の声が見事に重なる。彼らは再び前のめりになった。

「どういうことよ⁉」

「んなことあり得へん！」

「この薬を作るためだけの出資？　出資するなら利益を得なきゃなんないでしょう？　普通なら契約を結ぶでしょう！」

「そこまでは考えてなかったから。薬を完成させてほしくて、自己満足で出資してるの」

わたしがそう答えると、二人は気が抜けたように座り直した。

「馬鹿だ馬鹿だとは思ってたけど、大馬鹿じゃないの！」

「ポーラ、縛られてスラム街のゴミ箱に捨てられたい？」

「黙って、エリアナ。あんたがいるのに、どうしてちゃんと契約させていないの？」

「サリーナが利益を求めていないからよ。この商会だって、薬を開発するレフリーのためだけに作られたの。みんなが笑えるように幸せになれるものを作ってるのよ。甘々の上司だけど、お金だけを求める人じゃないからこそ、わたしたちはついてきたの」

みんな、わたしには勿体(もったい)ないスタッフよね。

でも、エリアナたちのおかげでやってこられている。

ポーラ様が大きく息をついた。オーランド様はどうにか体勢を立て直し、真剣な顔でレフリーと向き合う。

「そんならレイフリードと直接契約させてもらうわ。レイフリード、帝国に帰ってこい。全てわいが用意してやる」

「契約はします。でもこのままでは帝国へ行けません」

「はぁ？　みんな、お前を捜しとんやぞ。帰ってこい。それともあれか？　あいつらのことが……」

「いえ、それは関係ありません。個人的な理由です」

レフリーはちらりとわたしを見た。

わたしを気遣ってくれているのか……気にしなくてもいいのに……

わたしはレフリーの過去を知らない。聞いたことさえなかった。

知りたいと思ったことはある。

でも、言いたくない過去の一つや二つは誰にだってあるもの。わたしだってそうなのだから。

オーランド様の話から、レフリーが帝国出身の貴族であることはわかった。故郷に帰る場所が用意されるなんて、いい話だと思う。

「レフリー、わたしは大丈夫よ。わたしたちの夢を叶えるためにも帝国に行って」

レフリーが口を開くより先に、すすめる。

「サリーナ」

「帝国で認められたら、誰もが手にできる薬になるわ。それこそ、わたしたちが求めていたものじゃない」

「そうじゃない。そうじゃなくて……」

レフリーはなぜか口ごもる。

何が言いたいのかしら？

「あー、なんかわかったわ」

そう呟いたオーランド様が、レフリーに哀れなものを見るような視線を向けた。

「レフリー、まだすることがある、ちゅうことでええか？」

「そうですね。今のこの状態では、どこにも行きたくないだけです」

「よっしゃぁ、じゃあ、先に向こうの準備して待っとるようにするわ。何が必要？」

「オーランドさん！　ありがとうございます」

よくわからないが、なんとか話がまとまったようだ。

わたしは書棚からファイルを取り出して、レフリーのために用意していたものをリストアップした。

資料のあまりの厚さに、レフリーとオーランド様が固まる。恐る恐るというふうに聞いてきた。

「それ、こいつにかかったやつの全てか？」

「はい。レフリーの薬の研究はわたしの個人資産から出資していますので、専用にまとめています」

「お前……最低だな……」

「最悪だ……」

オーランド様が真っ青な顔になり、レフリーは頭を抱える。ポーラ様は二人に軽蔑の目を向けていた。

「クズ中のクズやぞ。これは女に貢がせとんのとおんなじや。あり得へんわ」

「言わないでください。まさかここまでとは思っていなかった……。自己嫌悪に陥ってる」

「今更。これで薬を作れないなら、くびり殺してましたよ」

容赦ないエリアナの言葉に小さくなるレフリーを捨て置き、わたしは必要なものを書き出し、それをオーランド様に渡した。

オーランド様がそれを確認している間に、重要な事柄を思い出す。薬を作るのに必要なことだ。

「オーランド様。同時に、領地で栽培している薬草の取引契約をしていただけませんか？」

オーランド様がパッと意識をこちらに集中させた。

「薬草？」

「その薬を作るのに必要な薬草です。今のところ、アルスターニ伯爵領でしか栽培されていません」

「薬を作るのに必要なら、契約せなあかんな」

「では、領地の責任者に話をつけておきます」

「こっちも、あんさんを通さんのか？」

彼は首を傾げ、目を丸くする。

疑問に思うのは当然だ。大きな取引だから。

でも——

「もう直、わたしの手から離れます。屋敷を出ていく予定になっていますから。それまでにできることはしておきますので、お願いいたします」

全員の視線がわたしに集まった。

痛いほどの眼差しに、引き攣ったように笑うしかなくなる。

「サリーナ？」

「もう、疲れちゃったの」

初めて人前で弱音を吐く。

レフリーがわたしの頬にそっと手を当てる。

「この部屋に入った時から思ってたんだけど、ほっぺた、腫れてない？」

あぁ、すっかり忘れていた。素晴らしい話で頭がいっぱいで、痛みを感じていなかったのだ。

「そうですよね。確実に腫れてますよね」

「薬の話で余裕なかったもんなぁ」

「ちょっと、話してみなさい」

弱音を吐いたことで、今まで張っていた気持ちが切れたのかもしれない。精神が疲れているところに、みんなの優しさが嬉しかった。

わたしの口から言葉が溢れる。

家族のことやお姉様のこと。

そして旦那様やミヨルダー夫人のことも。

みんな聞き上手だ。

いえ、わたし自身が彼らに知っていてほしかったのかもしれない。

わたしは誘導されるまま、洗いざらいしゃべっていた。

「道理でおかしいと思った」

話を終えたわたしに、ポーラ様が言う。

「わたしの兄がリゼッタ様と同級生だったのよ。あなたの噂は学園内では有名だった」

「学園にも行っていないわたしの噂が、ですか?」

「癇癪持ちで我儘な妹。それを庇う、現王太子妃殿下と並んでも遜色ない聖女のような優しい姉のリゼッタ様。彼女たちが卒業した後に入ったわたしたちすら、そんな話を聞いたことがあるのよ。ところが実際会うと、地味な服しか着ない、お茶会にも夜会にも参加しない、ただの影が薄い女じゃない。結婚したからって、そこまで変わる? おかしいわよね。噂と大違いだもの」

影が薄い……

自覚はあるけど、直接言われるときつい。

「ねぇ、その服、自分で似合ってると思ってるの？」

「はい、わたしには明るい色は似合わないので」

「それ、誰が言ったの？」

それは……

「あなたのお姉様じゃない？」

答えられなかった。

黙り込んでいると、ふぅっとポーラ様が息をつく。

「あなた、ずっと何かしら言われてきたんでしょう。『あなたはこーだから、こうしたほうがいい、あーしたほうがいい。これはしないほうがいい、あなたのためだから』って？」

「…………」

「普通、家族だからってそんなこと口出さないのよ。わたしの兄は悪いことは悪いって言うけど、いいところはちゃんと褒めてくれるわ。人格を否定したりなんかしない」

「でも……わたしにはお姉様しか、いなかった……」

「だからってなんで、悪口を甘受するの？　疑問に思いなさいよ」

わたしにはお姉様しかいない。お姉様が助けてくれたから、わたしは生きてこられた。

「サリーナ、大丈夫ですか？　ポーラ言いすぎよ」

「だってぇ……。わたし、リゼッタ様に憧れてたもの。なんかショック。今思うとおかしいのよね。

リゼッタ様の話って、どれもリゼッタ様は素晴らしいで終わるもの。まるであなたを使って自分を引き立ててるようにしか思えない」

引き立てて……

お姉様の美しい顔を思い出す。

自分が褒められた時には、満足そうな笑みをこぼしていた。それは普通だ。

けれどお姉様が褒められるのは決まって、人前でわたしを窘める時。

そうか、我儘で癇癪持ちのわたしを正そうとしているように見えたから、みんなが褒めたのだ。

そして、だからこそ、王太子妃殿下もわたしを毛嫌いしているのだろう。

お姉様のことが信じられなくなってくる。

あの笑顔は嘘だったの？

信じたくない。

わたしはスカートを握りしめた。

「家を出たらどうするの？　ここで暮らす？」

「……まだ、決めていません。けれどここは妹のエリーゼが欲しがっているので、ここにはいられないでしょう」

「もう、あんたのところどうなってんの！」

どう、と言われても、わたしにとってはこれが普通だ。

もうどうにでもなればいい。

俯き、唇をかみしめる。

「なら、帝国に来たらええやないの」

オーランド様？

「帝国は能力主義や、知識を活かせるで。働くとこもぎょうさんある。どんな人もウェルカムや。

『来る者拒まず去る者追わず』やから、一度来てみたらええ。帝国に飽きたらまたどっかに行けば
ええし。ほれ、わいんとこの商会の紹介状渡しといたるわ」

オーランド様がわたしの頭をぐしゃぐしゃとなでた。

「オーランドさんっ」

「なんや、レイフリード。怖いわ」

「女性の頭を触るものじゃない!!」

「うわぁ、ヒモ男が何言いよんだか……」

グジャグジャになった髪を直しながら、わたしはじゃれ合う二人を見る。

帝国か……それも、……アリかもしれない。

ハンスさんが手配してくれた馬車で三日かけて、わたしは領地へ赴いた。

いつ来ても村の人たちは温かく出迎えてくれる。わたしが仕事を頑張れるのは彼らのおかげでもあった。

彼らの笑顔に救われている。いつもお礼を言ってくれるから、その暮らしを少しでも良いものにしようと思えるのだ。

着いて早々、領地の屋敷の周辺を見て回る。王都の屋敷とは違い好意的なメイドたちに、ここの近況を教えてもらった。

次に、村にある唯一の小さな飲み屋に行く。ここでは仕事を終えた村の人たちに会える。そこで農地の様子や収穫の具合を聞き込んだ。

気の良い彼らが、わたしにおすすめの食事を奢ってくれる。お礼に、今日のお酒のお代はわたしが出すことにした。

次の日は、村長をはじめ薬草栽培者の代表、養蜂所の代表、農作物を取り仕切っている上役さん、商店の店主に集まってもらい、今後について話す。

薬草栽培の代表をしているカイザックさんには、近々帝国の商人が来ることを伝えた。

「サリーナ様、よろしいのですか？」

「はい、旦那様やミヨルダー夫人は領地のことに詳しくありません。はっきり言って彼らには任せられないと思っています。理解していない人に仕切られて困るのは皆さんになりますから、ある程度自由に権限を行使できるようにしておきました」

今は一定額の税を徴収するのではなく、収穫量に応じての額にしている。わたしがいなくなれば、彼らは欲にかまけて無理難題をふっかけてくるかもしれない。

そうなれば、領民たちが苦労する。それだけは避けなくてはならない。

それに、薬草の価値に気づかずこれまでの苦労を無にするかもしれないし、気づけば気づいたでむしり取るかもしれない。

そうならないためにも、領民たちには力を持っていてほしいのだ。経済を安定させてほしい。

「ごめんなさい。最後まで力になれなくて」

「何を言うのですか。サリーナ様のおかげで、我々は生きてこられたのです」

「そうです。エフタール風邪大流行の後、苦しい生活を救ってくださったのはサリーナ様です」

「我々に読み書きを教えてくれましたし、たくさん改革もしてくれました」

「サリーナ様たちのおかげで風邪による死者は少なくなりました」

みんな口々に感謝を述べてくれる。

けれど、わたしはそんなに偉くない。やれる範囲のことしかしていなかった。

その後も、これからのことを話し合っていく。

幾度かここに来たことのあるエリアナが相談役になり、何かあれば彼女が協力することにもなっていた。

わたしはこの三年間、大変だったことを思い出す。

「我々は大丈夫です。ですから、サリーナ様。これからは自由に生きてください」

彼らの言葉に、曖昧(あいまい)に笑う。

次の日も、領地の隅々(すみずみ)まで回り、問題がないか見る。

たった三日の領地視察だった。


領地から帰ったわたしは本格的に引き継ぎの準備を始めた。

ミヨルダー夫人の紹介で、経理ができるアゼルさんという方が屋敷に来ることになる。

ただ、はっきり言って彼は頼りなかった。

なぜなら、二日も経たないうちにこんな量の仕事はできないと涙を浮かべながら弱音を吐いたからだ。

そんなに仕事が多いだろうか？　当たり前のことをしているだけだが。確かに覚えることはたくさんあるかもしれないが、それほど複雑なものはないと思う。

机の上の書類の量はいつもと変わらない。内容だって同じものばかり。

それなのにどうして、できないと言うのだろうか？

ハンスさんが昼ごはんの準備があるからと部屋を出ていった後、アゼルさんは小さな声でわたしに質問する。

「この量をいつもこなしているのですか？」

「ええ」

「あなたがする必要があったと思えないものも交ざってますよ」

「？　そうなんですか？　ですが、何も言われず、こちらに回されてきますよ」

「ええっ⁉　本当ですか？　それにあの方、ハンスさん、でしたか？　いつもあのように監視しているのですか？」

「そうですが？　何か？」

「何もせずにじっと見られていて、気にはならないのですか？」

何が言いたいのかしら？

別にハンスさんを気にしたことはない。監視されていたのだろうか？

「気にしすぎではないですか？」

「そうですか……？　いや、ずっと見られたら気になりますって」

「慣れれば大丈夫ですよ」

「慣れ、ですか？　サリーナ様はご結婚当初からこれを？」

「はい。右も左もわからなかったわたしは、ハンスさんにご協力いただきながら進めてきました」

そう、経営のど素人（しろうと）のわたしがやってこられたのはハンスさんのおかげ。

エリアナに会ってからは、彼女のアドバイスで領地の立て直しや事業をスムーズに回せるようになったけれど……、いずれにせよ、わたし一人では無理だったと思う。

「ハンスさんの……ですか。でも今は何もされていませんが？」

「ミヨルダー夫人の目もありますし、わたしを信用してか、全てを任せてくれるようになりました。老眼が進んで数字が見にくくなったのも理由の一つみたいですね」

アゼルさんは納得いかないのか首を傾げた。

それでも一週間ほどで、大体のことはできるようになってくれる。

良かった。これで、わたしは必要なくなるだろう。

アゼルさんはブツブツと何やら呟きながら仕事をしていく。わたしは手を止めて考えた。

このままでいいのか、と。

わたしは必要ないと言われた。

このままどこかに……、帝国に行っても大丈夫なのだろうか？　困らないだろうか……

わたしは誰かに「サリーナが必要」だと言ってほしいのだと気づく。

未練がましい。捨てられるのが怖いのだろう。捨てられたくないという気持ちが大きい。

お姉様の顔がちらつく。

いつも笑っていた顔の下で、お姉様はどんな表情をしていたのだろう。

間違いであってほしい。

わたしにはお姉様だけだった。

お姉様だけが優しくしてくれたから、必要としてくれたから、わたしはやってこられた。

それは間違いだったのだろうか？

お姉様が死んでしまった今、本当のことはわからなかった。

旦那様に少しでも見てもらいたい。褒められたい。その思いは、もう諦(あきら)めるべきなのか……

わずかに残る希望を求める自分が無様(ぶざま)だった。


数日後。

わたしは朝から研究所に向かった。

エリーゼにここを譲るべきかどうか、エリアナたちと話す。

皆、譲渡に反対だ。

「従う必要はないです」

「そうです。王太子妃殿下に認められなくても、細々(ほそぼそ)やっていけばいいだけです」

「そうですわ。表立っては控えていますが、お得意様は内密に買ってくれています。売上は確かに減ったものの、やっていけないことはありません」

みんな……でも……

「給料が下がるわ。材料費や工賃を考えればキツキツなはずよ」

「こんなにいい職場は他にないよぉ」

「自由に好きにさせてもらえる上に、これほど福利厚生も充実してる職場なんて、どこにもありません」

「あんな、サリーナにたかるような親なんて捨ててもいいはずです！」

「それでも、家族、だから……」

お姉様の愛した家族だから――

わたしはどうすれば……

話はまとまらなかった。いや、わたしが引き延ばしたのだ。

昼過ぎ、お兄様が訪ねてくる。

会うのは何年振りなのか？　結婚をした時が最後だった気もする。

相変わらず美しい金の髪と澄んだ青い瞳が綺麗だった。

「久しぶりだな……」

「お久しぶりです、お兄様……。どうかされましたか？」

再会の喜びさえない単調な会話。

お兄様は気まずそうに、薬の認可に必要な書類を確認しているエリアナとレフリーを見やり、出された紅茶を口にする。

「二人だけで……」

「誰かに聞かれてはならない話ですか？」

「いや、大丈夫だ。いてくれてかまわない。……王太子妃殿下に無礼を働いたことについて、一度きちんとサリーナから聞きたくて来たんだ。気弱なお前がそんなことをするとは思えなくて。けど、仕事が忙しくてなかなか時間がとれなかったんだよ」

そう言って、カップを置いた。

どんな噂が立っているのだろうか？　きっとろくなものではないだろう。

「無礼なことをしたつもりはありません。お姉様からわたしの話を聞いていたとかで、一方的に毛嫌いされただけです」

「リゼッタの言うことを信じてたのか？　あいつの戯言がそこまで浸透していたとは……」

「戯言？」

「すまない。リゼッタも両親の期待に押し潰されそうで、そのストレスで自分を良く見せようとしてたみたいなんだ」

戯言？　どういうこと？

お兄様の声に、手が震える。

「リゼッタは褒められるのが好きだったからさ。父上も母上も妹のエリーゼと弟のアルクばかりかまって、俺やリゼッタには優等生を押し付けるだけだったから、お前をだしに褒めてもらいたかったんだろう」

誰しも褒められたいと思うだろう。わたしだって……

だからって――

「……誰に、対してですか？」

「えっ？」

「誰に対して良く見せようとしてたのですか⁉」

「サ、サリーナ⁉」

わたしはお兄様の前で初めて声を荒らげた。

「同級生に？　バルト様に？　両親に？　わたしに？　誰に？」

「誰にって……。俺が知ってるのは、同級生たちぐらいだと思うが……」

お兄様は案外おめでたい頭をしているのね。どこが優秀なのかしら？

彼はわたしの様子に気づかず話を続ける。

「リゼッタもやりすぎだったと思うけど、もう死んだんだ。サリーナもリゼッタのことを忘れるべきだと思うぞ。そうだ、この際、王太子妃殿下からの悪評を挽回するためにも全て忘れて一から出直してみたらどうだ」

やっぱり、あの両親の回し者なのね。わたしと会話をしたいなんて、変だと思った。

しかも、お兄様は何もわかっていない。みんなと同じ。

「サリーナ。いつもリゼッタの後ろに隠れてた子が、やはり一人で商会なんてできるわけはないんだよ。学園にも嫌がって行かなかったのに……なっ⁉」

わたしは立ち上がってお兄様に紅茶が入ったカップを投げる。驚いて叫ぼうとするお兄様に、背中にあったクッションも投げつけた。

「巫山戯(ふざけ)ないで。嫌がってなんかいないわ。わたしだって学園に行きたかったわよ。でも、お姉様が『あなたが行っても無理なのよ』っておっしゃったの！　わたしはお姉様が好きで、全てを信じていた。それが戯言(ざれごと)？　違うわよね！　嘘ばかりじゃない‼」

「サリーナ？」

お兄様を睨む。はらわたが煮えくり返っていた。

この行き場のない思いを何かにぶつけたくてもう一個あったクッションを掴み、それでソファーを殴る。

ソファーの角に引っかかったのを無理やり引っ張ったせいでクッションが破れて、中から勢い良く白い羽根が舞い上がった。

後方でエリアナとレフリーの息を呑む音がかすかに聞こえる。

「誰も彼もお姉様はこう言っていた、ああ言っていた、って。おめでたいわね。お姉様の言葉は宣託だとでも思ってるのかしら？　なんで、誰もわたしの言葉を聞いてくれないの？　わたしを見てくれないの？」

「サリーナ、落ち着け！」

お兄様の顔は恐怖の色に染まっていた。ガタガタと身体が震えている。

妹相手にそんな顔を見せるなんて、これで、よく近衛兵ができているものだ。

「お兄様はわたしの何を知ってるの？　わたしの何を見てたの？」

無理やり笑ってみせると、お兄様は一層、顔色を失う。

「出ていってください」

顔も見たくない。

お兄様なんて、嫌い。大嫌い。

お兄様は慌てていなくなる。

「サリーナ……」

「嫌い。大っ嫌い」

エリアナとレフリーがわたしを挟むように抱きしめてくれた。

〈ロイド〉

すぐ下の妹リゼッタはいつも明るく活発、二番目の妹のサリーナはそれに比べておとなしい子だった。

いつもリゼッタの後ろに隠れ、じっとこちらを窺っているようなサリーナ。あの子は家族の中でも存在感がない。悪い言い方をすれば鮮やかな色の中に交ざる染みだ。

リゼッタに守られているサリーナに、俺が近寄ることはほとんどなかった。

近くて遠い存在。

それでもリゼッタに任せていれば大丈夫だと考えていた。

そのリゼッタが死んで、サリーナはバルトに嫁ぐ。あのおとなしい妹が伯爵夫人としてやっていけるのか心配だった。

事業を立ち上げ商会を持ったことは知っていたが、無理をしているのではないかと思っていたのだ。

そんなサリーナが王太子妃殿下の怒りを買ったと聞く。

エリーゼとアルクしか見ていない両親が、サリーナを慰めるわけがない。

俺やリゼッタには長男だから長女だから恥ずかしい真似をするな、とプレーシャーをかけてきた親だ。

だから、サリーナが気になった。

リゼッタがいない今、俺が力にならなければと思ったのだ。

近衛兵になってまだそんなに時間が経っていない、忙しい日々の中、ようやく時間を作って、妹に会いに行く。

そこで妹の怒っている姿を初めて目にしたのだ。

クッションの羽根の舞う部屋で俺を見下ろす姿は彫刻みたいに美しく、最後の審判でも下す女神のように見えた。人の本質を射抜くような鋭い眼光に背筋がぞくりとする。

あの妹が……？　何があのおとなしい妹の逆鱗に触れたのだ？

俺はただ、王太子妃殿下の怒りを解くために今の商売を休んで新しいことをすればいいと言っただけだ。いつまでもリゼッタの背中を追わずに、自分のやりたいことをすれば良いとすすめただけ。

リゼッタを追い求めすぎて無理をしていると思っていたから……

俺は何を間違えた？

サリーナの言葉を思い出す。

学園に行きたかった？

初めて、サリーナの気持ちを聞いた。

今まで、俺はサリーナの気持ちを聞いたことがあっただろうか？

思い出せなかった。

サリーナと直接話した覚えがない。思い出すのはリゼッタの言葉ばかり。

「サリーナは学園に行きたくないそうです。学園が怖いんですって」

「サリーナが可愛い服は自分には似合わないって言うの。ほんと内気よね。今度可愛い服をすすめてみるわ」

好みも趣味もリゼッタから聞いたもの。

リゼッタは周囲に自分がいかに素晴らしい姉であるかを知ってもらおうとしていた。

それを窘めたことはある。妹を自分のアクセサリーとして使うな、と。

「少しだけですわ。サリーナを可愛がっているのは本当ですし、あの子がいない学園内だけのことなので見逃してください」

手を顔の前で組み上目遣いでしおらしくそう言ったので、その時はほどほどにしろと注意して終わる。

学園内だけのことなら、と軽く考えていたが、まさか王太子妃殿下がリゼッタの言葉を信じきっているとは思っていなかった。

サリーナが学園に行かなかったのが影響しているのか？

リゼッタは自分のついた嘘に気づかれたくなくて、サリーナの学園行きを阻止していたのか？

そんな……

俺はリゼッタを信用していた。そして、サリーナのこともきちんとわかっていると思っていた。

けれど、全くできてなかった。

それを今になって知ってしまう。

なぜ、リゼッタが周囲に戯言をまき散らしていたことをサリーナも知っていると、俺は思っていたんだ。

あり得ないだろう。

サリーナはずっとリゼッタに縋っていたんだ。自分を悪く言っているなんて、思いやしない！

そんな妹に俺はなんてことを言ったんだ！

サリーナは今どんな気持ちでいるのだろう？

ショックを受けているのに違いない。

馬鹿だ、俺は……

サリーナのためだと思い、傷つけた。

リゼッタ、お前は何がしたかった？　サリーナをどうしたかったんだ？

壊す気でいたのか？

リゼッタはもういない。だから、その真意はわからない。

けれど、俺にはそれを知ろうとする権利があるのではないか？

まだ、妹を救えるはずだ。

〈バルト〉


サリーナを叱りつけた翌々日、母上からの手紙が届いた。三ヶ月以内にサリーナと離婚できるだろうとの内容だ。

つい笑ってしまう。

深くは考えていなかったが、今回のことが離婚のきっかけになるのだ。これで堂々と離婚が言い渡せる。サリーナがどうごねようと、強気に出られるだろう。

これも王太子妃殿下のおかげだ。

王太子妃殿下のお茶会での出来事が噂になるのは早かった。

もともと、僕とサリーナの不仲説は出回っている。僕がリゼッタ一筋だったことは知れわたっていたので、この結婚に同情している者は多かった。

それが離婚間近と囁かれ始め、令嬢たちがアプローチをかけてくるようになる。

サリーナとの結婚では子供は考えてはいなかった。だが離婚すれば、跡継ぎのことを考えなくてはならない。

リゼッタを忘れて次へ進めるだろうか？

母上自らが次を探しているようだったが、自分から出会いを求めるのもありかもしれない。リゼッタを越える女性を見つけたい。

そう思い、僕はこちらからも女性に声をかけるようにした。

だが、何かが違う。

はっきり言ってうるさいのだ。

令嬢たちはみんな、キャーキャーと騒ぎ立てて耳をつんざくような声でしゃべる。自己主張が激しく、こちらの話を聞かない。香水の匂いも鼻につく。化粧が濃いのも気になった。

髪が風でこちらに当たるし、ドレスには圧迫感を覚える。バサバサとスカートの擦れる音や歩く時のカツカツと鳴る靴の音も気になった。

リゼッタはそんな音を出していなかったと思う。少なくとも気になったことはない。リゼッタの立てる音でどんなに胸が躍ったことか……

そこでふと、疑問に思う。

ここ数年、数えるほどしか屋敷に帰らなかったが、サリーナはどうだったのか、と?

存在自体が気に食わなかったが、行動や匂いといったものに対しては嫌悪感を抱いたことがないのでは、と。

いや、気のせいだ。

もとから嫌いだから、それらが気になるほど近づかなかっただけ。

現に、サリーナの笑顔は嫌いなのだから。

……でも、彼女は他の女たちとは違う。

僕は彼女の媚(こ)びた笑顔を見たことがない。

我儘(わがまま)で癇癪(かんしゃく)持ちだと聞いていたのに、その場面に居合わせたことも一度としてないし、ハンスからもそんな話は聞いていなかった。

彼女についての話と一致していると思ったのは、妻としての支出額だけ。

いや、浪費家だというリゼッタの話は、多額の出費で証明されている。

僕はそこで考えるのをやめた。

◆ ◆ ◆

帝国で無事に薬の認可が下りた。

どんどんと物事は動いている。

もうこれで、わたしのできることはない。レフリーへの出資も終わりを迎える。

商会の税金についての最後の申告のために、わたしは役所に向かった。

エリアナに任せても良かったが、この際なので離婚誓約書をもらおうと思ったのだ。

まだ迷いはある。

でも、どうしようもないものにいつまでもしがみついて時を待つより、少しずつでも行動を起こして前に進むべきなのでは、と思ったのだ。

馬車の窓から外を見る。空は真っ黒で今にも雨が降りそうだ。早く用事を済ませて帰ろう。

一階で役所の用事を終わらせ、同じ建物内の二階にある簡易の神殿に行く。

結婚、離婚、誕生、死亡は神の御心の管轄なので、神殿と役所は隣接していることが多い。

わたしは神殿の受付で名前を告げ、離婚誓約書をもらうことにした。

受付の神官が調べてくれる。だがしばらくして、困り顔でわたしに告げた。

「あの申し訳ありませんが、もう一度お名前を伺ってもよろしいですか？」

「？　サリーナ・アルスターニです」

パラパラと台帳を何度か確認し、何かを決心したように神官はわたしを見る。

「……すみません。サリーナ・アルスターニさんの名前はここにはありません」

えっ？　ない？

「バルト・アルスターニ伯爵の妻ですが！」

「えっ、あの、その、バルト・アルスターニ伯爵様はご結婚されていませんよ」

結婚して、いない？　どういうこと？

「結婚……して、いない？」

独り言のように呟く。

「はい。婚約者もいません。あの、騙りですか？　そうであれば、憲兵へひきわ……大丈夫ですか？」

尋常でないわたしの様子を見て、神官が慌てる。

わたしの顔はそれほど色をなくしていたのだと思う。
目の前が一瞬真っ白になる。
「少し休んでからお帰りになってください……」
神官はわざわざ部屋から出てきて、わたしを気遣ってくれた。その手を拒否する。
「……大丈夫、です」
それしか言えなかった。
手すりに縋り付くようにして必死で階段を下りる。
気持ち悪い。吐きそう。
新鮮な空気を吸うためにフラフラと外に出る。
雨がシトシトと降り始めていた。急ぐ人たちの姿が見える。
わたしは馬車に乗る気になれず、その中を歩き始めた。

『結婚していない』

まさかの事実。
何、それ？　なんなのよ。
ふふっ。あはっ。
そうか、あの方はそんなにわたしが嫌いだったのか。

ふふふっ。

じゃあ、今まではなんだったの？　人を使うだけ使って捨てる気だった？

巫山戯てるでしょう。

よくもまぁ、そんなのが王太子殿下のもとで働けているものだ。

なんであんな男が好きだったんだろう……馬鹿馬鹿しい。

雨はどんどん強くなる。

傘も差さずにびしょ濡れになりながら歩くわたしへ、誰もが奇妙なものを見るような視線を向けていた。

冷たい雨。

これから冬に向かう雨が、わたしの頭を冷静にしていく。

そこでふっと、立ち止まり顔を上げた。

そうか、結婚していないのなら、わたしは『離婚した女』というレッテルを貼られないのだ。

彼とは肉体関係もない。

これって素敵なことじゃない？

しかも、お姉様が死んですぐの結婚だったので、婚約もしていない。

つまり、傷一つついていないということだ。

無視をされて嬉しいことがあるとは思ったこともなかった。

けれど、こんなに素晴らしいこととってないわ。

前髪から滴（したた）る雫（しずく）を拭（ぬぐ）う。

ふふふっ。あははっ。

なぜかしら、楽しい。

わたしを縛るものはなくなった。

自由だ！

決めたわ。わたしはわたしらしく生きる。

わたしの中で何かがぷつりと切れた。

冷たい雨の中だというのに、足取りは軽い。頭からつま先までずぶ濡れで研究所に戻ると、呼び鈴を鳴らしてエリアナを待った。

「ただいま。エリアナ、タオルくれる？」

「サリーナ!?」

出迎えた彼女は、わたしの姿を見て目を見開く。

「雨の中を歩いて帰ってきたの？　風邪！　風邪を引くわ。お、お風呂！　熱いお湯に浸（つ）からなきゃ!!　用意してくるわ！」

慌てふためくエリアナの姿なんて初めて見た。慌てすぎて廊下にある荷物を蹴飛ばしている。

面白い。

でも、先にタオルが欲しいな。

わたしはエリアナがタオルを届けてくれるのを待つ。

そして、用意された熱いお湯にゆっくりと浸かった。

サリー商会一押しの発泡入浴剤を湯船に入れ、シュワシュワの泡を感じながら身体を芯まで温める。雨の冷たさでかじかんでいた手は元通りになり、わたしはグーパーを繰り返した。

ツルツルになった手を見て思う。

うん、今のわたしならやれる。

不思議なことに、この先のことに不安を感じる気持ちはなく、どうにかなるのではないかという確信に満ちていた。

温まり、身支度を終えたわたしは仕事部屋に行く。

「サリーナ、何があったんだ？」

レフリーに声をかけられた。

彼も来ていたのか。ちょうどいい。これからのこともあるから話してしまおう。

わたしはエリアナとレフリーに先ほどあったことを打ち明けた。

二人は見事なまでに表情を変える。

エリアナは怒りで目が吊り上がっているし、レフリーはなぜが歓喜していた。対象的な二人の顔を見ながら、わたしは話を続ける。

「この研究所はエリーゼに譲るわ。そしてわたしは帝国に行く」

「帝国で何をするの？」

「まだ考えてないわ。でも、また商売をできればいいわね。身勝手かもしれないけど、落ち着くまでは薬作りの手伝いでもしようかしら？」

その言葉にレフリーが立ち上がってわたしの手を取った。

「歓迎する。いや、結婚していないなら、もう我慢しなくていいんだ。不貞にもならない！　サリーナ、僕の妻になってほしい」

「ふぇ？」

つい、間抜けな声が出た。

何？　いきなり……

つま？

妻!?

レフリーの言葉に固まる。

「ずっとずっと好きだったんだ。サリーナ。僕の隣にいてほしい。僕をこれからも支えてほしいし、君を支えていきたい。あんな男より幸せにするから」

彼がわたしの手を強く握っていた。その手は震えて汗ばんでいる。

勇気を出して言ってくれたのだ。

……嬉しい。

「レフリー。完全ヒモ男のくせに？」

エリアナ……なんで、そこでそんなこと言うのかな？

「も、もちろん、稼ぐ。これ以上ヒモにならないように君のために頑張る。ヒモを返上する。商売

のための案もどんどん出す。だから……」

エリアナがからかうのでレフリーがしゅんとする。

迷子の仔犬かしら？　犬耳が垂れたように見えるのはなぜ？

そんな顔をしないで。きゅん、としちゃうじゃない。

「……幸せにしてくれるなら、喜んで」

わたしの返事に彼の顔がぱあっと明るくなった。

か、可愛い。

「サリーナ!!」

そう言って、抱きついてくる。

エリアナもいるのに!!　恥ずかしい……！

「はぁ、独り身が辛（つら）いんですけど」

ほらほら、エリアナがやさぐれている。生温かい目で見ているじゃないの。

エリアナ！　そんな目で見ないで～！

「なんか、まとまったみたいやな～」

そこに、呑気な声が聞こえてきた。声がしたほうを見ると、研究所員一同とオーランド様が開け放たれた扉の前に勢揃いしてこちらを見ていた。

「ええんか？」

「未練も後悔もないもの。帝国で自分を見つけるわ」

オーランド様はにかにかと笑っている。

「そうか、ええ顔しとるやん。これでレイフリードも気兼ねなく帝国に戻れるな」

「もともとサリーナを連れていく予定だったんでしょう」

オーランド様とエリアナがレフリーに声をかけた。

連れていくって？

まさか、レフリーが帝国に戻るのを躊躇っていた理由は、わたし？

呆然としているわたしに、レフリーがボソボソと呟く。

「こんな場所から離したかったから。ずっと暗い顔だったし。説得するつもりだった。万が一、説得できなかったら、引きずってでも、連れていくつもりだったんだ」

嘘、わたし、そんなに心配をかけていたの？　よほど酷い顔をしていたのかしら？

うわっ、周りが見えていなかったんだ。

それに気づき、一気に恥ずかしくなる。レフリーの顔が見られない。

それでやっと出た言葉が――

「ありがとう、レフリー」

――だった。

レフリーが笑う。

「いや、決心してくれて嬉しいよ」

「はいはい、自分たちの世界に入らないでください。これからのことを話しましょう」

エリアナがパンパンと手を叩いた。

わたしは生温かい目でこちらを見ている研究所員たちに視線を向ける。

「ごめんなさい。急に決めて……。あなたたちのことはしっかりお願いを……」

言い終わる前に、半分の研究員と作業員が退職願をバンッと目の前に提示した。

「「わたしたちも帝国に行きます」」

「えっ？」

「今の職場でなくなるなら、働く意味ないですよ」

「サリーナさん以外のもとで働きたくないです」

「どこまでもついていきますっ！」

「サリーがいなきゃやだぁ」

「それに、このマリーンを野放しにするのは問題です！」

「えぇ、酷くなぁい？」

みんなが口々に言う。それも軽く。

「自主退職してついていくのは個人の自由ですよね」

「いいの？」

「いいです!!」

みんなの顔は晴れ晴れとしていた。

「僕らは……家庭があります」

退職願を出さなかった人たちは全員、各々の家庭を持っている。彼らには守るべきものがあった。家族を守らなければならない責務がある。当然のことだ。

だが、その彼らも決意が固まった表情だった。

「我々は身辺整理をして、後から伺います」

「へぇ!?」

わたしは目をぱちぱちさせてしまう。

予想外の答えだ。

来てくれるの？

「すぐには行けませんが、待っていてください!!」

「あっ、はい」

あまりに熱意ある言葉に押され、何も考えずに返事をしてしまった。

「話が早いな。そんなら、皆、帝国行きや。そうなると馬車が必要か？」

「そうですね……」

「いつでも行けます。エリアナさんたちから話を前もって聞いて、どうなってもいいように実は準備していました。用意は整ってます！」

みんな楽しそう。探究心に溢れた子供みたい。

きっとわたしよりも先に決断していたのだろう。わたしがエリーゼに商会を譲ると言った時は渋っていたのに……

つい、笑ってしまった。

みんなの決心は固い。ならば……

わたしはエリアナを見た。

「エリアナ、ここの譲渡契約の準備にどれくらいかかりそう？」

「……そうですね。サリーナがもらってきた資産証明書などがありますから、二、三日で……」

「ごめん。雨に濡れて使いものにならないわ」

「では一週間後には契約できるように準備します」

「お願い。あの人たちにも連絡してくれる？　じゃあ、それまでに周りに気づかれないようお引越ししましょうか！」

よっしゃあ～っと掛け声があがる。

「仲がいいんだな。じゃあ、ワイもすぐ動けるよう準備しとくわ。ポーラはんとこにいるさかい、準備でけたら声かけてくれたらええでぇ」

「わかりました。何から何まで、すみません」

「ええって。頼ってくれたらええよ」

「あら、見返りを期待してます？」

「それはいずれやな。吹っ切れたあんさんは怖そうやと思うから、怒らしたくないし」

そう言って、オーランド様はそそくさと帰っていった。

その後。わたしは研究所に泊まると手紙で屋敷に伝えた。

もう帰る必要はない。これからの準備をしなければ。

まずは、お得意様に感謝とお詫び(わ)の手紙を書かないといけない。

そして、あの方にも――


一週間後。

わたしたちは朝早くからあの人たちを前にしていた。

こんな時だけは人の迷惑も考えずに朝一で来るのだから、信じられない。

彼らは品位にかける笑みを浮かべつつ、深々とソファーに腰掛けた。

この商会の全てが自分たちのものになると疑ってもいないのだろう。物色するような眼差(まなざ)しで部屋中を見回している。

ええ、もちろん譲りますけどね。

「こちらにサインをお願いします」

お父様はニヤニヤしながら契約書を手に取りじっくりと見た。

「よく判断したな」

こんなことで褒められても嬉しくない。今更、認められたくもないし。

書類を渡すと、エリーゼはなんの疑いもなくそれにサインをした。相変わらずミミズがのたくったような字だ。

「これを役所に提出すれば、ここは全てわたくしのものね。いいえ、提出してなくても、もうわたくしのものなんだからこの屋敷にあるものは持ち出さないでよ」

彼女は当然のようにふんぞり返る。

屋敷にあるものを置いていけという要求は想定済み。

置いていきますとも。今までの商品の作り方も顧客名簿も、このサリー商会のものは。ただ、エリアナたちが全て複製を作り、すでに帝国に送っていますけどね。

それをエリーゼがうまく使えるかどうかは、わたしの知ったことではない。

「あと、こちらの二枚にもサインを頂けますか？」

わたしは紙をすっと差し出す。

「これは？」

「一枚は除籍届です。今更そちらにわたしが帰っても困るでしょう。もう一枚は、今後わたしとあなた方とは他人であり関わり合わないという契約書です。もし違反すれば罰金が生じます」

これ以上、わたしに関わってほしくないため、わざわざ作った書類である。

「そうだな。金の無心などされたくない。エリーゼの仕事に差し支えるし。いいだろう、サインしてやる」

やはりこの人たちも、わたしが結婚していなかったことを知らないようだ。あの後、念のために役所で確認したが、わたしの籍はそのままになっていた。

妹や弟のことばかりしか頭になかったから、わたしの籍がどうなっているのか、気にもしなかったのだろう。

結婚を条件に援助したのに、三年間も気づかないとは呆れてしまう。

彼らはわたしの申し出を都合良く理解し、すぐさまサインしようとした。

「ありがとうございます。公的機関にも提出しますので、全てに署名捺印をお願いします」

「そこまでするのか？」

「後々にお互いが困らないように、ですわ」

わたしの返答に、エリーゼが楽しそうに乗ってくる。

「いいじゃない、お父様。そこまでしておけば、もうお姉様と関わることはないんだもの。それくらい」

「それもそうだな」

「サリーナ……」

三人は盛大に笑った。だから、わたしも笑顔を返す。

お父様がわたしの笑みを見て固まる。怪奇なものに出会ったような表情をするのはよしてほしい。

「おまえ……、そんな顔もできたのか？」

おかしいことかしら？　ただ、笑っているだけなのに。

「あら？　変ですか？　わたしも人間ですわよ。あなた方と縁が切れて清々しく思います。さぁ、わたしのことはおかまいなくサインをしてくださいませ」

「あっ、ああ……」

こうして、滞りなく手続きが終わった。

最後に説明しておかないと。

「では、今日中にこちらからの届は出しておきますので、明日以降に代表者の変更届を出してください。わたしは明日、ここを出ていきます。それでよろしいでしょうか？」

「えぇ、どこへ行くかは知らないけど、元気でね。もう帰ってこないでよ」

無邪気なエリーゼ。

「大丈夫かしら？」とほんの少しだけ思うものの、わたしの知ったことではない。勝手にどうにかすれば良いのだ。

これで、もう彼らと縁が切れて関わることもないと思うと、胸がドキドキしてきた。嬉しくてたまらない。

「はい、もう二度と帰ってきません。ですので、風邪など引かず、お元気でお過ごしください」

特上の笑みを見せる。つい笑みが溢れてしまうのだ。

帰り支度をする彼らは、満足したせいか心どころか身体まで一回り丸く太ったように見えた。豪快に高笑いしながら家路につく。

わたしは書類を準備して、研究所を出た。

エリアナはまだここに残る。

「薬草栽培のことなど、やり残したことがありますので、それが終わり次第、帝国へ向かいます」

「わかったわ。向こうで待ってるから」

先に辞表を出した者たちは五日で引っ越しの準備を終わらせ、すでに帝国に旅立っている。

あとは、わたしとレフリーが向かうのみとなっていた。

わたしはレフリーを伴って屋敷に帰った。彼には悪いが門で待ってもらい、一人、屋敷に入る。

冷たい視線。

今までこの眼差し（まなざし）に挫け（くじけ）そうになったことは数えきれない。でも、今のわたしは何も怖くなかった。

「サリーナ様。やっとお帰りになったのですか？」

ハンスさんに声をかけられる。

「ええ、でも、すぐに出ていくわ」

「はっ？」

「荷物を取りに寄ったの」

何か言いたそうな彼を横目に、自分の部屋に入る。

荷造りをしようと机を見て、思わず「はぁ……っ」とため息が出た。

またわたしのペンが盗まれている。

わたしの唯一の贅沢品（ぜいたくひん）である、滑らかに字が書ける愛用の万年筆がなくなっていた。

この部屋には高級な服も装飾品もない。

だけど、万年筆だけはいいものを使っているのだ。質の良い万年筆はその値段だけの価値があり、手に馴染み（なじみ）やすい。

いつもなら持ち歩いているのだが、このドタバタした騒ぎのせいで、部屋に置きっぱなしにしていた。この三年で五本もなくなっているので、警戒していたのに。

腹は立ったが、直接、文句を言う気にはならない。この家の人間とは言葉を交わしたくないというのが本音だ。

呆(あき)れながら小さなボストンバッグに服を入れていく。持ち物が全てバッグに入ってしまい、自分でも驚いた。

まあ、それだけ思い出がないということ。感傷に浸(ひた)る必要もないので楽だ。

荷物を持って、執務室に行く。

そこには、目の下に黒い隈(くま)を作った瀕死のアゼルさんがいた。

そんなに大変なの!?

「サリーナ様っ!!」

彼はまるで幽霊のようにフラフラと立ち上がり、こちらにやってくる。しかし、途中で体力が尽きたのか、座り込んで手を伸ばし、わたしに助けを求めた。

「もう、無理です」

「そう、大変ねぇ」

他人事のように言うと、彼は泣き出してしまう。そんなアゼルさんにアドバイスをあげる。

「ちゃんと期限を決めてやるといいわ。折角(せっかく)なんだし、アゼルさんが直接アルスターニ伯爵様と交渉するといいのよ。もとはアルスターニ伯爵様のお仕事ですもの。そうだわ、この手紙もあなたが直接渡してくださる？　大事なことが書いてあるの」

床に座り込んでいる彼の手に、二通の手紙を握らせた。そして、そっとその耳元で囁く。

「あなたが疑問に思うことを全て言ったらいいわ。あなたなら怒られやしない。大丈夫よ」

「……」

アゼルさんは息を吞んでわたしを見た。わたしは目を細めて笑い、ハンスさんを振り返る。

「ハンスさん、明後日よね、アルスターニ伯爵様に書類を持っていくの？」

「……そうですが、わたし一人でも大丈夫です」

「あら？　今はアゼルさんが領地管理の代理をしてくれているのよ。きちんと紹介しないとアルスターニ伯爵様が恥をかくわ。何かあった時に罪に問われるのは嫌よね～、アゼルさん？」

「そ…………、そうですね。きちんと一度ご挨拶しておきたいです」

「わかりました。サリーナ様は？」

これでいいわ。

わたしは立ち上がり、スカートの埃を払う。

「わたしはもう屋敷を出ていくわ。ミヨルダー夫人もアルスターニ伯爵様も望んでいることですものね。お世話になりました」

「サリーナ様⁉　離婚するということですか？　それはいくらなんでも急ではないですか？」

ハンスさんが慌ててわたしを止めようとする。

はっ？　何？　特に反対もしていなかったのに、今更、文句でもあるのかしら？

じろりと見ると、彼はたじろいだ。引き止めようと伸ばした手が行き場を失い、宙を彷徨っている。

「ハンスさん、わたしのしていることは何か変ですか？　別にわたしがいなくても大丈夫でしょう。皆さんも清々するんじゃないですか？」

わたしはにっこりと笑みを湛えた。

「それは……なんでも、ありません」

ハンスさんは俯き、目を逸らす。

「じゃあね、アゼルさん、ハンスさん」

そう言い残し、わたしは部屋を出た。堂々と胸を張って廊下を歩く。

使用人たちがそんなわたしの態度を訝しんでいる。その様子を見るのは面白い。

玄関から振り返り、最後にもう一度微笑んで屋敷を見る。

「さよなら」

それだけを言い残し屋敷を出た。

屋敷を出ると、急いでレフリーのもとへ駆け寄った。

誰に見られようとかまわない。やましいところなどないのだから。

人目も気にせず手を繋ぐ。

レフリーの少しざらざらで大きい手は温かい。

初めての恋人繋ぎに心が躍る。

こうやって誰かと歩いてみたいと、ずっと憧れていた。

嬉しくて嬉しくて、つい口元が緩み、にやけてしまう。

わたしたちは役所に行く前に、二ヶ所寄り道をした。

一つ目でわたしは髪をバッサリと切る。肩までの長さに揃えたのだ。

この国の貴族の女性としてはあり得ないくらい短い。だけど、長い髪など、これからのことを考えると邪魔になるだけ。何より、気分と自分を変えるために、必要だった。

「似合うね」

レフリーにうっとりと言われると、こそばゆい。

次にとあるお店を訪れて買い物を終わらせ、役所に向かった。

サリー商会の代表を下りる届を出す。

そして、除籍届と例の書類も出した。

役所の窓口で係の人が承認印を押すのを見て、泣きたいくらい嬉しくなる。全てから解放され、身体が軽くなったように感じた。

その後、改名し平民としての戸籍を作ってもらう。私有資産の名義も変更した。

元両親がわたしの行方を調べに来てもわからないように、情報漏洩禁止の手続きもする。これで何があってもわたしの情報は漏れない。

その足で二階の神殿に行く。

もちろん、ここですることは一つ。

レフリーとわたしは結婚契約書にサインして提出した。

レフリーはこちらの国に来た際に平民登録をしていたらしく、複雑な手続きはなく、無事終わる。

神官がその場で結婚証明書を出してくれた。

「こちらが結婚証明書になります。こちらを持って、一階の役所で戸籍統合をお願いします。この度はおめでとうございます」

紙の縁には金色の唐草模様が描かれ、中央にはレフリーとわたしの名前が書いてある。

これで、わたしたちは夫婦なのだ。

こんなに幸せなことは生まれて初めてかもしれない。自然に涙が溢れる。

以前、契約書にサインした時よりもずっと嬉しかった。

レフリーと共にいられるのだと思うと幸せな気持ちになる。

お互いに先ほど買ったお揃いの指輪をはめ合う。

急遽、買った安いものだが、キラキラと輝いて、今までに見たどんな宝石より綺麗だ。

周りから盛大な拍手が起こり、神官まで泣いていた。

「良かったですっ」

その声で、彼がこの間、離婚の誓約書を取りにきた時に対応してくれた神官だと気づく。わたしがあの時の人物だとは気づいていないようだが、祝ってもらえると心が温かくなる。彼は鼻水を出しながら笑っていた。

その後わたしたちは一階の役所へ戻り、最後の手続きを終えると、オーランドさんが待つハリエルド商会に向かう。

これから帝国へ行く。

わたしは全てを捨てる。

家族も、あの方も、そしてこの国も。

未練はない。

この先どんなことがこの国に起こっても、わたしにはどうすることもできないだろう。

わたしにその後を見るつもりはない。

さよなら。

わたしの故郷――

わたしはレフリーと共に生きていく。

〈バルト〉

忙しい仕事が一段落して昼休憩をしているところに、来客を告げられた。

定期的にハンスが領地の仕事の最終確認のために書類を持ってくる。今日がその日だったらしい。

僕はのんびりと談話室に向かう。そこにはハンスの他に男性が一人いた。

誰だ？　見たことのない男だが、何かあったのか？

男は僕を見て、頭を下げる。疲労しているのか、目の下に濃い隈があり、顔色もあまり良くない。

「初めまして。アゼルと申します。ミヨルダー夫人からのご依頼で、現在、領地の管理など事務処理の代理をしております」

そう言えば、母上からの手紙にそんなことが書かれていたような……。ハンスはもう年だから、手助けが必要なのだろう。

「ハンスの力になってくれ」

そう頼むと、男は訝しげに少し眉を寄せた。そして、一通の手紙を差し出す。

「こちらをサリーナ様から預かっております」

サリーナから？

初めての手紙だ。許しを請うものだろうか。

「離婚の誓約書、だと思われます」

ハンスの静かな声に、ドキリとする。

離婚の誓約書？　そうか、いよいよ離婚できるのか。

顔が緩みそうになるのを抑えながら、神妙に応えた。

「離婚……そうか。サインをしたら持っていく」

「かしこまりました」

ハンスが頷く。

やっとだ。あちらからの申し出だし、サリーナの実家の出資に関してもとやかく言われないだろう。万が一、何か言われたら、サリーナ自身に請求が回るようにすればいい。

「一つよろしいでしょうか？」

アゼルと名乗った男が、おずおずと口を開く。

「なんだ？」

「今この場で手紙を読んでいただけますでしょうか？」

「なぜ？」

「仕事を始めるにあたり、書類の整理をしたのですが、しなくても良い仕事が交ざっていますし、不正な書類もあるようです。サリーナ様から託された私宛ての手紙にもそれらしいことが書いてありました。サリーナ様も知っていらしたようですが、あえて黙認していたようなのです。ですが、これらのことが旦那様と関係がないというのであれば、それは問題です。その手紙がどんな内容か私にはわかりませんが、念のためこの場で確認していただきたいのです」

しなくて良い仕事や不正な書類？

それが、サリーナとの離婚に関係があるのか。

意味がわからなかったが、その場で手紙を開く。薄い便箋が一枚入っていた。

離婚の誓約書はないじゃないか。

封筒を逆さに振っても出てこない。中を覗いても何もない。

どういうことだ？

疑問に思いつつ、手紙を読む。その内容に愕然とした。

血の気が一気に引く。

まさか？　なんで？

今すぐに確認しに行きたいのに、手紙はまだ続いている。読まざるを得ない。

勝手に手が震えた。

一気に読み進める。

「サリーナが……領地の仕事をしていたのか？」

僕はハンスを見た。

顔色一つ変えることもなくこちらを見ているハンス。なぜか驚いているアゼル。

どうして驚いて……、僕が知らなかったことに驚いている？

アゼルはサリーナの仕事を引き継いだのか？

では、これは事実……⁉

僕が知らなかっただけ？　勘違いをしていたのか？

領地の仕事はほぼハンスがしているものだとばかり……

「そうですが、何か？」

ハンスは動揺一つ見せない。

「聞いていない！」

「聞かれませんでしたので」

「おまえはそれをいいことに、サリーナに雑務を押し付けていたのか？」

「殺潰しにするなと仰せでしたので、仕事をしてもらっていただけです」

くっ…………ハンスが、サリーナに……？

その前の手紙の内容のこともあって、頭の整理が追いつかない。

今すべきこと、最優先にすることは……

整理する時間が欲しい……

「……今晩、屋敷に帰る。みんなから話が聞きたい。すまないが、今は帰ってくれ」

僕に言えたのは、その言葉だけだった。


『バルト・アルスターニ伯爵様。


離婚の誓約書が入っていると思いましたか？

入っていなくて驚きましたよね。

いえ、伯爵様はご存知のことでしょう。でも、私は驚きました。

離婚の誓約書をお渡しすることができないなんて。

理由はわかりますよね、私たちは結婚していません。

まさか、私たちの間に婚姻関係が成立していなかったとは、私は思いもしませんでした。先日、
離婚の誓約書を取りに行き、神殿の方に聞くまでは。

そこまで、アルスターニ伯爵様が私を疎んじていたとは。

お姉様しか見ない、亡くなった者に縛られたお可哀想な方。

ですが、よくよく考えてみれば、これは離婚したという経歴どころか、私は婚約さえもしたことがないということです。

お互いに経歴は綺麗なまま。

なんて、素晴らしいのでしょう。

私に指一本触れなかったことにも腹を立てていましたが、今となっては感謝してもしきれません。

ありがとうございます。

ですので、この三年間、私の時間を無駄にしたことについては咎めません。

それに、あなた様の領地の経営に携われたことは、私の財産となりました。

ただ、なぜハンスさんの仕事まで、私がしなければならなかったのでしょう？　屋敷中の雑用までしなければならなかった理由はなんでしょう？

全ての仕事を他人である私に回していたとは、思いもよりませんでした。

まあ、それも経験ですから、私の事業に大いに役立たせていただきましたし、これからもその経験が活かされるでしょう。

一つだけ、『妻の交際費』。あれに関しては戒告しておきますわ。

ハンスさんをはじめ、侍女や調理師が『妻の交際費』を着服しています。

福利厚生も大切ですから、私が妻ならば、黙認してもかまいませんでしたが、妻ではなかったので、話が変わります。

あれは、私への報酬の使い込みに該当します。

まさか、婚姻関係になかった私に対して無償で仕事をさせていても良い、とまで考えていたわけではありませんわよね？

加えて、食事に関しても、まともなものが提供されていませんでした。別にかまいはしませんが。贅沢したいとは思いませんし。

とはいえ、私は客人という立場になります。それなりの敬意は欲しかったと思います。

客人に対して、伯爵様のお屋敷の方々は皆さん嫌な態度の人ばかり。

まぁ、あなた様の大事な人はお姉様だけでしょうから、ぞんざいな扱いになるのも仕方がないのかもしれませんね。

屋敷のことさえ客人に任せ、放置しているアルスターニ伯爵様。領地のことも人任せ。

よくよく冷静になって考えると、王太子殿下の右腕とも言われるあなた様が、周りを全く見ていない愚かな方なのだと理解できました。

今の屋敷の状態を私のせいにはしないでくださいよ。

お姉様なら、こんなことにはならなかったと思いますか？

果たしてそうでしょうか？

死んだ方に幻想を抱くことは止めようもありませんが、私はもうお姉様を信じておりません。

何が真で嘘かも考えるのをやめました。

領地のことはあなた様が特に手を出す必要はありません。自治会を作りましたから、みんなが意見を出し合って盛り上げてくれます。

あなた様たちが下手に手を出しても無駄です。今のままか、ゆっくり見守るほうが育つでしょう。

そうそう、これを一番気になさっていそうなので、書き留めておきますね。実家からの伯爵家への出資は返しておきました。なので、お気になさらず。

これも素晴らしい領地のおかげですわ。

最後にこれだけは要求いたします。

屋敷のメイドたちに万年筆を五本、盗まれました。その代金は、請求させていただきます。ちなみに一本の値段は、以前あなた様がお姉様に贈られた小粒ダイヤのネックレスほどです。

これまでの私の仕事に対する正当な報酬もお願いしたいところですし、それもあわせて請求書をお送りしますね。

もし受け入れていただけないなら訴えますので、よろしくお願いします。

では、これで失礼します。

もう、顔を合わせる気もありません。

さようなら。

サリーナより』

僕は廊下を走り、急いで執務室に戻った。

「どうした？　バルト」

血相を変えた僕を見て、王太子殿下が聞く。

だがそれどころではない。気が逸る。

思い出せ。思い出すんだ。アレをどこに置いた⁉

「バルト！　どうした？　何があった！」

肩を掴まれ、真正面から問われる。渋々、手紙を差し出すと、殿下はそれを読んだ。最初の数文に目を通しただけで顔色を変え、こちらを見る。

その顔も蒼白になっていた。

「お前、結婚契約書を出していなかった、のか……？」

「提出した……つもり、でした……」

出した声は震えている。

「なら、結婚証明書をもらっただろう？」

「結婚証明書？」

「バルト？　結婚証明書を親類や友人に見せて祝ってもらっただろう？　私の時もそうしたじゃないか？」

そういえば、殿下は神殿で結婚式を挙げ、結婚契約書にサインをしていた。それを見届けた祭司が何かを書いて渡していたのを見た記憶がある。それをお二人で招待客に向けて掲げていた。そこに盛大な拍手が起こり……

でも、自分の場合は——!?

「わたしたちは……結婚パーティーをしなかったので……」

誰にも見せていない。見せる必要がなかった。

いやそもそも、見た記憶がない。

結婚証明書。そんなものもらった覚えはない。

式も何もしていないのだから、気にしていなかった。

王太子殿下には口頭で伝えただけだったし……

思い出せ。思い出すんだ!!

三年前の記憶を掘り起こす。

三年前。サリーナに結婚契約書にサインをしてもらって、次の朝にはここに帰ってきた。もちろん、契約書を持って。出すのに不満を抱えてはいたが、昼休みには出しにいくつもりでいた。

それは覚えている。

あの後、何かあったか?

あの日……、そうだ。王宮に何者かが侵入したんだ。

当時、エフタール風邪の流行は収まったもののまだまだ治安が悪かった。薬を手に入れられなかった平民が逆恨みして、王宮に入り込んだのだ。

殿下の結婚式前というのもあって、警備を増やそうと奔走(ほんそう)する。夜中まで人の手配や、入り込んだ者の取り調べで、時間をとられた。

その騒ぎでなくしたらダメだと、机の引き出しに……

僕はガッと引き出しを開ける。中身を全て取り出して確認した。

ない、ない、ない。

三年も前のものなどない。

ここはものをよく出し入れする。だから、あれば気がついたはずだ。

念のため、入っていた書類を一枚ずつ確認していったが、ここ数日、長くても一ヶ月前の日付のものしかない。二番目の引き出しも、三番目も確認したが、目当てのものはなかった。

腹立ちまぎれに、一番上の引き出しを勢いをつけて閉じる。しまったと思った瞬間、引き出しが跳ね返った。

そういえば調子が悪かったたな。

そんなことをわずかに思いながら、もう一度閉めようとするが、何かが奥で詰まっているのか閉まらない。グシャッと音がした。

ん？

僕の反応に気がつき、殿下が聞く。

「どうした？」

「いえ、奥に何かある感じで……」

引き出しを一度引き抜いた僕は、恐る恐る奥に手を突っ込んだ。

一番奥に柔らかいものがある。

紙か？　まさか？

嫌な予感がした。

取り出したのは、元の形がわからないほどぐしゃぐしゃになった紙だ。所どころ破れている。

ゆっくりとそれを広げてみて、愕然とした。

捜していた結婚契約書だ。縁に描かれた銀色の唐草模様や色は褪せているが、間違いない。

僕とサリーナの名前がどうにかわかる程度に書かれている。

嘘だろう……

声が出なかった。

それを見て殿下がますます顔色を変える。

「お前どういうつもりだ!!　そこまで彼女を陥れたかったのか！」

「ちが、違います。本当に忘れていたんです」

「忘れていたでは済まないことだぞ！　おまえは彼女になんてことをしたんだ!!　侮辱したかったのか!?　今までは夫婦間のことだからあまり強くは言えなかったが……、これはあまりに酷い……。それに、この手紙……。これが本当なら、無関係の彼女に領地の仕事をさせていたとなると……お前……」

それは——

「はあ……」と、王太子殿下が深い息をつく。

軽蔑されたか……

殿下は僕の顔を見ることすらしない。僕も殿下の顔が見られず、俯いた。

「自宅謹慎していろ。今は顔も見たくない。今後のことはまた追って連絡する。その間に屋敷内のこともケジメをつけておけ。手紙の内容が事実なら問題だからな」

それだけを言うと殿下は部屋を出ていった。

僕はその場から動けず……

目の前にあるぐしゃぐしゃの紙切れが、ひたすら恐ろしかった。


屋敷に帰ると、僕はハンスたちを呼び、目の前に並ばせた。

彼らは誰一人自分が悪いと思っておらず、なぜ呼ばれたのかわかっていないようだ。

「しばらく屋敷で謹慎することになった」

ハンスたちに全てを話す。

婚姻が成立していなかったことを。

そのせいで殿下の信用を失ったことを。

ハンスたちの行いについても……

誰もがさっと顔色を変え、目を泳がせた。

どこからか「どうしよう……」と呟く声が聞こえ、ざわめきが広がる。震えて互いに励まし合っている者すらいた。

サリーナの手紙に書かれていたことは本当なのか!?

ハンスだけは顔色を変えず、目を閉じていた。

話を終え彼らから事実を聞き出そうとするより先に、ハンスが僕に一緒に来てほしいと頼む。

なんだろうと思い、ついていった。

目的の場所は、一階の隅、メイドたちが使用する中でも一番狭い部屋だ。

簡素な寝台とクローゼット、そして机と椅子があるだけの見すぼらしい部屋。物置だと言われてもおかしくない場所だった。

なぜここに？

訳もわからずに尋ねる。

「ここがなんだというんだ？」

「この部屋がサリーナ様の部屋でした」

静かな声に、僕はハンスを振り返る。彼はいたって真面目な顔で、嘘を言っている気配はない。

はあ？　ここが？

隙間風が入る小さな部屋で、彼女は生活していたのか？

「あなたが言われたのですよ。『妻はリゼッタだけ』だと。あなたはその後、サリーナ様を放置されました。妻でなければなんなのでしょうか？　客人でもありませんよね。この事態を引き起こしたのはあなた自身でございます」

なんだと……!?

「少しでもサリーナ様に注意を向け、直接声を聞いていれば、気づけたことでしょう。わたしたちの主人はあなたです。わたしたちはあなたの行動を見て、その意見に従うのです。それのどこが悪いのでしょうか」

淡々と話すハンスが怖い。皺（しわ）の中の瞳の色が不気味だ。

僕のせいで……、こうしたというのか？

「交際費も、サリーナ様が使おうが使わなかろうが、あなたは文句を言うはずです。ならば、我々がそれを活用して何が悪いのでしょうか？　有効活用したままでなんですよ。滅多に帰っていらっしゃらないあなたにとやかく言われたくはありません」

こんな奴だったか？

幼い頃からずっと傍（そば）にいた彼を、僕は家族のように思っていた。いつも実の子供のように世話してくれていたはずなのに、今この場にいる彼は知らない人のようだ。

「なぜ、……なぜなんだ？」

思わず尋ねる。ハンスは目をそっと伏せた。

「サリーナ様に罪はありません。ですが、あの方が……リゼッタ様の妹だったからです。リゼッタ様はあなたの前でだけは素晴らしい方でした。でも裏では、我々を虐（しいた）げ、無理難題を押し付けておりました。我々はずっと彼女に見下されていたのです」

「リゼッタがそんなことするわけないだろう!!」

戯言（ざれごと）だ。信じない。

リゼッタがそんなことをするわけがない。

「言いましたでしょう。あなたの前では素晴らしい方だと。お気づきではなかったのですか？　では、これもご存じないのでしょう。あなたや大奥様の使われたお金のせいで、どれほど旦那様が苦労なさっていたか。それもあって、好き合ったお二人の負担にならぬようにと金銭作りに奔走した旦那様は過労でお倒れになり、そのままエフタール風邪でお亡くなりになったのです」

僕が使った金？　リゼッタに贈りたくて……

父の死はそれが原因だったというのか？

「皆、リゼッタ様を良く思っておりませんでした。実家の資金援助を笠に着て、傲慢な態度をお取りになっておりましたから。あなたの奥方になるのを反対する者もおりました。ですが、我々は主人にお仕えするだけ。個人の意見など通るわけもない。そんな中でのリゼッタ様の死を、我々がどれだけ喜んだことか。……それなのに、リゼッタ様の妹であるサリーナ様が屋敷にいらっしゃることになった。虐められた者にとって、姉だろうが妹だろうが関係ありません。あなたから疎まれているサリーナ様は当たり散らすのにちょうど良かった……。復讐ができると思ったのです。こうも簡単に屋敷を出ていかれるとは思いもしませんでしたし、あなたに告げ口をなさるとも思いもしませんでしたがね。まぁ、サリーナ様が何を言おうと、あなたは彼女を嫌っているのでなんとでもなるとも考えておりましたが、まさかサリーナ様との婚姻が成立していなかったとは想像もしていませんでした」

そのあまりの内容に、僕は額に手を当て自嘲する。一方、ハンスは何かを諦めたような表情だった。

「サリーナ様には悪いことをしました。あの方はあなたを好いていましたから。それを利用して、ここに縛りつけ仕事をさせておりました。リゼッタ様とは別人だというのに……。あなたがもっと彼女を大事にしていらっしゃったなら、このアルスターニ伯爵家も繁栄したかもしれませんね」

なぜそんなにサリーナを買っている？

あの女に価値はないだろう！

リゼッタのほうがっ――!!

そう思っているのに気がついたのか、彼は冷たい目で僕を見た。

「サリーナ様は優秀な方でしたよ。私どもの仕事を押し付けても弱音一つ吐かない。要領も良く、仕事が早い。学園に通われてなかったとは思えないほどでした。代理のアゼル様は数日で音をあげたといいますのに」

そんなはずはない。そんなはずは……

「信じるか信じないかは、お好きにしてください。わたしはこの度の件の責任をとり、辞めさせていただきます。他にも辞める者が出てくるでしょう。彼女の報酬と盗品につきましては、必ずお返しします」

ハンスはそう言って扉に向かった。ノブに手をかけたところで、振り向く。

「そうそう、言い忘れていましたが、リゼッタ様の薔薇（ばら）を用意していたのはサリーナ様自身ですよ。リゼッタ様のことはサリーナ様が全て手配しておりました。あの方は本当に素晴らしい方です」

「……」

ハンスが出ていくのを眺めたまま、僕は動けなかった。

その数日後には、半分以上の使用人が辞めていった。次の仕事場への紹介状を求めることもせず。

人のいなくなった屋敷。

残っているのは……ここを出ると生活に困る者ばかり。

彼らは常に俯き、僕を見ようともしない。

新しく人を雇おうにも、応募してくる者がおらず、うまくいかなかった。

それでもなんとか格好だけは取り繕おうと必死になる。

まず、久しぶりに屋敷で会う母にサリーナと結婚していなかったことを話す。すると母は閑散とした屋敷を見て顔を引き攣らせながらも大いに喜んだ。

しばらくして、手違いがあって実は僕は未婚だという噂が流れる。サリーナの我儘でそうなったのだ、と。僕が王宮勤めを辞めたのも彼女のせいだ、と……

僕はそれを肯定も否定もしなかった。

そして、王宮へ通えなくなった代わりに、領地経営を引き継ぐ。なかなか仕事が覚えられず、何度もアゼルに怒られた。

僕がしなくてもいい仕事もかなりあるのだが、人がいない今、他にやれる人がいない。

これをサリーナは一人でこなしていたのか？

愕然とした。

切実に手伝いが欲しい。
本格的にパートナーを探すべきか……
リゼッタよりも素晴らしい者はいるのだろうか……
いや、誰でも同じだろう。
僕は母に結婚相手を紹介してもらうことにした。

第三章

帝都の大通りは活気に満ちていた。たくさんの市が出ていて誰もが笑っている。

オーランド様のおかげで、わたしたちは一週間かけて無事に帝国にたどり着いた。

急に移住を決めたので家はまだない。用意してもらった研究所が新居になる。街外れとはいえ、かなり大きな建物で、案内された時には驚いた。

先に帝国入りした研究員たちはすでに荷解きを終え、いつでも動けるようだ。すぐにでも研究をさせてあげたいが、それより先にやっておかなければならないことがある。

みんなそれがわかっているようで、地下の作業場で用具の確認を念入りにしていた。

わたしも手伝いたいところだが、レフリーと共に王城に呼ばれている。皇帝陛下が薬の認可について直接レフリーに伝えたいとおっしゃっているらしいのだ。

研究所に着いてすぐ、オーランド様からそれを聞いたわたしは戸惑った。

元貴族であっても、わたしはちゃんとした教育を受けていない。きちんとした礼儀作法を知らず、おそらくその所作は平民と変わらないだろう。何より畏れ多い。

そんな心中を察したのか、オーランド様が笑いながら言った。

「大丈夫や。あん人は形式に拘らん。陛下とレイフリードの死んだ兄ちゃんとわいは悪友やったんや。だからレイフリードに任せとけばええって」

　知らなかった。

　というか、何が「だから」なのか？

「オーランドさん！」

　責任を押し付けられた形になるレフリーが叫ぶ。やはり彼も皇帝陛下との謁見に抵抗があるようだ。

　わたしは最後の足掻きをしてみる。

「着ていく服がありません！」

「向こうで用意しとるから大丈夫や」

　けれど、簡単に応えられ、二人して肩を落とした。これは腹を括るしかないのか……


　次の日。

　わたしたちは朝から王城に行った。

　着くなり客室に押し込められ、メイドさんにバスタブに放り込まれる。隅々まで磨き上げられたかと思えば、台に転がされ香油でマッサージ。

　信じられない行為に抵抗もできず、されるがままになる。着替えが終わった頃には、心身共に深い疲労感を覚えた。

　これでも、まだメインが残っていることに愕然とする。

そんなわたしをレフリーが労ってくれた。

「大丈夫？」

「これが貴族の普通なの？」

「女性はそうじゃない、かな？」

「これが毎日なんて絶対無理！　今初めて両親に感謝したわ」

「君らしいね」

そんな会話をしながら待つ。

数十分ほどして侍女に呼ばれ、わたしたちは皇帝陛下が待つ部屋に通された。

広く天井が高い。煌びやかな装飾品が並んでいる。

二人で部屋の中央まで行ってひざまずき、首を垂れる。

「よく来たな」

「拝謁いたします」

「固くなるな。レイフリード。頭を上げてくれ」

よく通る声が、レフリーの本当の名前を呼んだ。コツコツと足音が近づいてきたかと思うと、服の擦れる音が続く。

「レイ。昔馴染みなのだ。今だけは、前のように名前を呼んでくれないか」

その声は懐かしさを含んだ優しいものだった。心の底から再会を喜んでいるのがわかる。

「……カエサル様」

レフリーが名前を呼んだ。

「レイ。紹介してくれないか?」

レフリーがわたしの袖に軽く触れる。わたしは顔を上げた。

そこには黒髪碧眼の青年がいた。あまりの若さにびっくりする。

「妻のリサです」

「リサです。お見知りおきください」

「あぁ、もちろんだ」

皇帝陛下が微笑んだ。立ち上がり、わたしたちを見下ろす。

「第百二十五代皇帝カエサルより、レフリー、そしてリサ。この薬をエフタール風邪の特効薬として認可し、汝らに製造を命じる。心して励め」

「かしこまりました」

わたしたちは揃って頭を下げた。

次の瞬間、思いがけない言葉が振ってくる。

「爵位も用意している」

爵位? なぜ?

ぜひとも遠慮したい。折角、貴族籍を抜けたのに……

そんなわたしの気持ちがわかったのか、くくっと忍び笑いが聞こえた。

「嫌かもしれぬが、いずれ必要になる。あれに価値があるとわかれば、強欲な者たちに狙われるだろう。そういうことに対処するにあたっては、あって困るものではないからな。レイフリード、しっかり奥方を護れよ」

意味深なことを呟いて、皇帝陛下は玉座に戻った。

二人で部屋を出るのと同時に、身体の力が抜ける。

「終わった」

「終わったな……」

ほっとして、顔を見合わせて笑う。

『爵位』については、今は置いておこう。

それより薬のことだ。

頭の中で計画を立てていく。足りないものをチェックして、その入手経路を確保しなければならない。

それから……

うん、まずはオーランド様を捕まえることから始めよう。その時に、今日のことに対して盛大に文句を言ってあげるわ。

〈研究員その一〉

僕の名前は……、『研究員その一』にしておいてくれ。

今、僕は面倒臭い場面に遭遇していた。

ちなみになぜ、『研究員その一』なのかと言えば、目の前にいるヒステリック女がそう呼ぶからだ。

この女は人の名前を覚えない。

別に僕も覚えてほしいとも思っていないから、『研究員その一』で充分だ。

この女が研究所に来たのは、約二ヶ月近く前のこと。前の雇用主であるサリーナさんが出ていってすぐだった。

彼女はここの名前を『サリー商会』から『エリアーゼ商会』に変えた。ちなみに『エリーゼ商会』でない理由は、『ア』があるほうがお洒落(しゃれ)に聞こえるからだそうだ。

その感性は僕にはわからないので、まあ、どうでも良い。

残っていたエリアナさんや研究員たち、作業員数名を見て、彼女は文句を言った。

「随分少ないじゃない！　どういうことよ！」

「他の方はあなたがここのオーナーになる前に個人的理由で退職しました」

エリアナさんが表情一つ変えず、そう言ってのける。

「あの女、引き抜いていったわね！　詐欺(さぎ)だわ。そのまま、わたしに譲るはずでしょう!!」

「引き抜いておりません。彼らは自分の意思で彼女に辞表を渡しました。お疑いなら、証拠を出しましょうか？」

ギラギラと輝くエリアナさんの目を見て彼女は押し黙る。

「辞める者は止められません。従業員も人間です。物ではありませんので、自由です。学園を卒業されたエリーゼ様ならおわかりですよね」

「わ、わかってるわよ。あの人と違うんだから」

彼女はふんっと鼻を鳴らして、顔を背けた。

学園卒業を強調したエリアナさんのほうが何枚も上手だ。

この時はそれで終わった。


後日。

彼女は従業員を増やした。

もっとも研究員は見つけられなかったようだ。

当然だ。

薬草や美容品の研究を好む人間はそうはいない。

そして、僕ら研究員は研究をするのが仕事だが、癖のある者が多く自分の興味のあることを優先する。だから――

「なんで、美容品を開発しないのよ!!」

彼女は僕らを執務室に呼び出し、怒鳴った。

これまで作っていた商品はレシピをもとに作れる。だが、新しい商品の開発など、僕らにはできないのだ。

「当たり前でしょう。以前はサリーナが提案し、それに興味を持った者が研究していました。なんの案も出さずに作れと言われても困ります」

エリアナさんが彼女の横で口を出す。

そうだとも。以前はマリーンが面白そうな話を始め、それをヒントに現実的な美容品のアイディアとしてまとめるのがサリーナさんだった。

例えば——

「サリー、見て見てぇ。眉毛を整えてたら剃り落としちゃったぁ」

「マリーン……、器用に片眉ないわね」

「両方ないほうがいい？」

「それはやめよう、可愛くないわ」

「えぇ！　じゃあすぐ生やす」

「すぐ生やすって？　どうやって？」

「う〜ん？　レフリーに毛を生やす草ないか聞いてくるぅ？」

そうして、育毛剤ができた。

サリー商会ではこれを可愛いボトルに入れて販売する。髪の毛が細くなりてっぺんが薄くなった女性や、髪のボリュームを失った女性が買い求めるようになった。加えて、てっぺんが寒々しい男性も。

他には――

「ねぇ、サリー。髪の色、サリーと同じ色にしたい」

「勿体ないわ、マリーン」

「やだやだ！　変えるの‼　サリーと同じにしたいの！　この髪の色、あきたぁ。変えたいのぉ！
サリーと同じで、ずっといたいぃ！」

「わかった‼　わかったから。マリーン、落ち着いて。……肌に優しい髪染め剤を探せたなら、いいよ」

「……肌に優しい？　……わかった！　完成したら変えていい？」

「いいけど、落ちにくいやつと、洗髪したらすぐに落ちるもの、二種類を作ってくれる？」

「なんで？」

「わたしも変えてみたいの。でも、ずっとはちょっとね。一日だけ気分を変えて、変装してみたくない？」

「うん！　したい……。してみたいぃ‼」

「染めてごわごわするのも嫌だからね」

「うんうん！　がんばるぅ」

　これで、二種類の髪染め剤ができた。しかもマリーンの気分で色の種類が増えていく。流石に、緑色や青色に変えるものの需要はほとんどなかったが、白髪が目立ち初めた女性の必需品になったし、その日の気分に合わせて変えられる一日染めも売れた。

他にもまだある。

除毛剤やリップ……などなどマリーンのボケとサリーナさんのつっこみは、ほぼ覚えている。いつ聞いても面白かったから。

どんな時も、サリーナさんのアイディアで研究が進んでいった。行き詰まると、レフリーさんに相談する。彼は幅広い薬に詳しく、大概、いい解決方法を考えてくれた。

もっと良いものを作ろうとするので、研究がどんどん面白くなる。しかも空いた時間には自分の研究をしてもかまわなかった。

サリーナさんが許してくれたのだ。

休みもきちんとくれた。給料も充分出してくれた。その上、商品が売れたら、その分のボーナスを出してくれることもあった。

研究に行き詰まると、周りが助言をくれたし、サリーナさんがさりげなく特別休暇をくれることすらある。

家族のいる僕らには、家族のためにと家族奉仕日までもらえた。もちろん、養う家族のいない者には、お遊び休暇が与えられる。

そして、年に二度は慰労パーティーが開かれた。

そんな職場に不満があるはずがない。

だが、あの女が来てからは、残業三昧(ざんまい)で手当もない。最悪としかいいようがなかった。

その上、自分の研究をすると怒られる。

「なんでよ！　新しい案はないの？　どうなってるのよ。あの女が持っていったのね!!」

「もともとそんなものはありません。彼女は雑談の中からアイディアを出していましたので。もう今はこれまでにできたものしかありません」

「嘘、嘘！　絶対に嘘！　隠してるんでしょう!!」

この女、見事なほど能なしだ。自分で考えることをしない。発想がない。

発想の種はそこら中にあるのに、気がつかないのだろう。

「あんた、クビよ、クビ！　あの女の肩ばかり持って！　もういらない！」

ヒステリック女が机を叩いて叫んだ。彼女は見ていなかったが、エリアナさんがくっと唇を上げる。

「そうですか、わかりました。わたしのすることはもうないでしょうから、失礼します」

女の顔を見ることなく、執務室どころか研究所から去る。横を通り過ぎる時、僕らに顔を向け、口を動かすだけで告げた。

『先に行ってるわよ』と。

こうなることを狙っていたのだろう。

しかし、彼女をどうしろと言うのだ。

横にいる同僚を見ると、同じことを考えていたようで、死んだ魚の目のようになっていた。

エリアナさんがいなくなると、研究所はそれはそれは無法地帯と化した。

材料の仕入れも、販売も、まともにできない。

なのに、この女は口だけは立派だ。

「わたくしは優秀なの。だから、そんなことに時間は割けないわ。あんたたちが雑用をしなさい！」

「売上が減ってるじゃない！」

「新作を考えて！　わたくしは忙しいの!!」

眉間に皺を寄せて叫ぶ。

どこからそんな大きな声が出るんだ？　聞いていると、胸糞が悪くなる。

この女は自分は与えられて当然の人間だと思っていた。裕福な家で育ったからなのか、贅沢に暮らしているからなのか、甘やかされてきたからなのか？　はたまた全ての理由からか。

サリーナさんは何もないところから、自分が気になるものや欲しいものを見つけていた。常に新しいものを探していた。

でも、この女は欲しいものは買えばいい。あって当然といった感じなのだ。

なぜ、この商会を欲しがった？　金のなる木だと思ったのか？

でも、木は手間暇をかけなければ実が生らない。水や肥料をやらなければ、芽も葉も出ないことを知らないのだろうか？

僕らは女に意見する。

「新しい商品が欲しいなら、具体的な指示が必要です」

「雑用は僕らの仕事ではありません」

「そろそろ休みをください」

けれど、聞き入れてはくれない。罵倒するだけ。

残っていた研究員や作業員も時を見て辞表を出していった。

あの女はそれを見て「生意気なのよ！」と辞表を破り、次々とクビにしていく。それが計画的なものだとは知らずに。

そして本日、最後の研究員である『研究員その一』の僕も辞表を提出した。この研究所を見届けるために残された。

ちなみになぜ最後になったかというと、ジャンケンに負けたせいだ。

長かった。みんなを恨みそうだった。

まぁ、その分、向こうで待遇を良くする準備をして待っていてくれるだろう。

僕の辞表を見て、女はまたしてもヒステリックに罵詈雑言を並べ立てた。

「あんた！　どういうつもりよ！　なんで新商品を作らなかったの！　品質が落ちてるって苦情も入ってるし、客は来ないし!!　あんたたちのせいでしょう！　あんたもいらないわ！　こんなものなくてもクビよ、クビ！　とっとと出ていきなさい！」

貴族女性とは思えない、品のない荒れよう。いつも不遇に耐えていたサリーナさんと本当に姉妹なのだろうか？

信じられない。

ついつい口にしてしまう。

「お言葉通り出ていきます。最後ですので、一言言わせていただきますね。我らは研究員です。研究し開発はします。ですが、それだけです。どんなものを求めているのか、どんな効果のものを開発してほしいかを具体的に言っていただけなければ、僕らにはわかりません。それを考えるのがあなたの役目のはず。あなたはそれをしましたか？」

「知らないわよ！　なんでわたくしがしなきゃならないの？」

これはダメだな。呆れてしまう。

「それがあなたの役目だからです。僕らは販売員ではありませんよ。仕入れや商品の管理も、僕らの仕事ではありません。もう一度言いますが、僕らは研究員です。そして、先に出ていった彼らは作業員でした。決められたレシピをもとに、商品を作るのが仕事です。そのサポートをするのがあなたの仕事です。エリアナさんもそう注意していたでしょう？」

女は黙った。口をワナワナと振るわせている。

意見が返ってこないので、僕はもう少し加えた。

「それをしたくないのであれば、なぜ、秘書を雇わないのですか？　給料を出すのが嫌だったのですか？」

「それは……」

「誰かに相談しようとは思わなかったのですか？」

「お父様には……」

「お父君に？　なんと？　まあ、言わなくてかまいません。大したアドバイスではなかったでしょうから。素人が商売をしてもすぐに繁盛させられるわけがありません。そこをきちんと考えるべきでしたね。ああそれに、僕はしがない平民ですから貴族社会のことは知りませんが、お得意様にご挨拶などはされなかったのですか？」

女は不思議そうに首を傾ける。

大丈夫か？

いや、大丈夫じゃないから、今に至るのか!?

「挨拶？」

ええぇっ？　そこからか？　俺は再び呆れてしまう。

「あれ？　エリアナさんが言わなかったのかな？　商会を新しくしたなら、サリーナさんが置いていった顧客名簿を見て挨拶文を送るものでしょう？　じゃなければ、パーティーで挨拶するとか？」

「パーティーではしたわよ！　でもみんな、つんけんするだけだったもの」

突如、女は泣き出した。

なんで泣くんだ！　身から出た錆だろう！

頭が痛くなる。

「ともかく、自分の行いを省みたほうがいいですよ」

投げやりにそう言うと、女は更に激しく泣きながら変なことを口にした。

「やっぱり、撤回。あんた、ここにいなさいよ！」

はあああぁぁぁ？　もうこちらは出ていく気満々ですが！　妻も子供も新生活を楽しみにしてい

るんですから。

「ご冗談を。僕はもう辞めます。あなたのような人の下では働けません」

「そんなぁ⁉」

「辞表は提出しましたから。ではっ！」

「待って！」

さっさと逃げよう。

仏心から忠告してしまったが、これ以上はやっていられない。逃げるが勝ちだ。

さあ、新天地へ行こう。みんなが待っている♪


〈バルト〉


あれから二ヶ月が過ぎた。

初めの一ヶ月は、母の紹介で五人の女性が屋敷にやってきたが、どの人も二日と持たなかった。

仕事がこなせなかったわけではない。屋敷を案内した際に、自分の隣の部屋にあるリゼッタのウェディングドレスを見て、どの女性も眉を寄せたのだ。そして、冷めた眼差(まなざ)しで恐る恐るというふうに聞く。

「片付け、……ないのですか？」

「ダメなのか？」

なぜ、そんなことを聞くのかよくわからない。

呆れて質問し返すと、彼女たちは決まって同じことを言った。

「……申し訳ありません。わたくしには無理ですわ」

そうして目元と口元をヒクヒク引き攣らせながら足早に帰っていくのだ。

なぜ、受け入れてくれない？

次第に女性は僕に近づかなくなった。

そしていつの間にか、「サリーナは本当に我儘なのか？」との疑問の声があがるようになる。

サリーナのこれまでの仕事や事業を賞賛する者すら出てくる始末。

あんな男のもとで三年間よく耐えていたものだ——とも言われる。

代わりに僕に対して、亡くなった女性のドレスを飾ったままにしている未練がましい最低男だとの評判が立つ。亡くなった姉の追悼花をサリーナが用意していたことさえ気づきもしなかった鈍感男というものも。

リゼッタについても色々言われているようだ。

どうしてこんなことに……

僕は頭を抱えた。


そんなある日。

サリーナの両親が屋敷に来た。

顔を合わせて早々、掴み掛からんばかりに尋ねられる。

「サリーナがどこに行ったか知らないか？」

藪から棒に言われても困る。

今サリーナがどこにいるかなんて、知るわけがない。そもそも彼女のことはなるべく気にしないようにしているのに。

「知りませんが。何かありましたか？」

「サリーナが必要だ。エリアーゼ商会が大変なんだ。サリーナのせいでうまくいかない!!」

サリーナの父親が鼻息を荒くして机を叩き、叫んだ。はずみで紅茶がこぼれ、ソーサーの中に溜まる。

どうにか落ち着かせて、その話を聞いた。なんでも、引き継いだ商会の職員が全員辞めてしまい、今いるのは新しく雇った者ばかり。その職員だけでは、これまでのヒット商品を作れないということだ。

新しい商品の開発も滞り、お得意様も離れて、今では閑古鳥が鳴いているとか……

それのどこにサリーナが関わってくるんだ？

「サリーナはどうやっていた？　何か聞いていないか？　あの出来損ないでも回せていたのに、なぜだ!?」

言っていることが無茶苦茶、支離滅裂だ。

「知りません！　彼女が何をしていたかなんて……」

そう口に出して気づく。

「どうした？　何か思い出したのか？」

「いえ、本当に何も知りません……。サリーナはなんの商売をしていたのですか？」

知らない……

僕はサリーナがどんなことをしていたのか何も知らない。気にしたことがなかった。

あれからあったサリーナに関係する出来事は、ハリエルド商会から多額の請求書が来たことくらいだ。どうしてサリーナの請求書がハリエルド商会から来るのか首を傾げた。

仕方なく、ハリエルド商会の会長である、ポーラ嬢に会いに行ったのだが、ゴミを見るような目で見られ、詳しいことは聞けなかった。

結局、ハンスらから送られてきたお金を彼女に渡し、それについては終わっている。

自分のことで手いっぱいで、ハンスがどうやってその金を工面したかも、今まで気にしていなかったくらいだ。

「はっ？　形だけとはいえ、三年も夫だったんだろう？　知らないなんて通用せんぞ！　まぁ、いい!!　なら、金を貸してくれ！　これまで援助していたんだ！　その礼をしてくれ！」

「お帰りください。サリーナがいない今、そちらとはもう縁が切れています！」

「そうか、そうか。縁が切れていると言うならば、こちらも好きにさせてもらいますよ。婚姻契約書を出さないまま、娘をこき使っていた伯爵様!!」

「なっ⁉」

どこから漏れた？

「あなたが娘との婚姻契約書を出していなかったことなど、すでに国中の貴族が知っていますよ。ここの元使用人たちが噂のもとを提供してくれてるんでね」

戸惑う僕をよそに、サリーナの両親は極悪人のような笑い顔で去った。

数日後には、僕の耳に届くほどにその噂が広まる。

結婚契約書を出していないのに自分の妻になったのだと騙して、貴族の娘に領地の管理を無償でさせていた。人を人とも思わぬ非人道的行いをしていた、と。

そして、王太子殿下の補佐の地位を下ろされたのは、それが原因であるとも……

その噂を聞いた親しい友人は「聞いていた話と違う」と、僕を軽蔑の目で見る。弁明しようとしても「言い訳は見苦しい」、「お前との交友は絶たせてもらう」と言って距離をとった。

こうして僕の周りから人が消えた。


サリーナの両親に突撃された数日後の昼。

僕は王宮に向かった。二ケ月ぶりに王太子殿下に呼ばれたのだ。

その間に、王太子妃殿下は難産の末に王子を産んでいる。

世継ぎの誕生に国中が歓喜に沸き、三日三晩お祭り騒ぎになっている。

それもあってか、僕の身の振り方は手紙一枚で終わった。

出世の道は閉ざされ、出仕も叶わない。

領地の管理を他人に任せていたことで、現地に視察も入った。

そんな中での呼び出しだ。淡い期待を抱いてしまう。

久々の王太子殿下の執務室は、変わらない清涼な空気が漂っている。

部屋に入り、僕は頭を下げた。

「お久しぶりでございます。この度はおめでとうございます」

「ああっ」

殿下の声は、幾分か暗い。世継ぎの王子がお生まれになったというのに、どうしたのか？　机に向かったまま、顔を上げもせずに尋ねる。

「領地はどうだ？」

なんと答えれば良い？

領地は現在、自分が手出しすることは一切ないほど潤っている。

「な、なんとかやっております」

「そうか……」

殿下はペンを置いて、やっと僕を見た。その顔には疲労が見える。

「座ってくれ」

すすめられたソファーには先客がいた。

ロイドだ。

彼の顔は戦士の彫刻のように険しく、硬いものだった。

僕はそんなロイドの前に座る。

「後でロイドとも話がある。まずはお前と、だ」

「わたしですか？」

期待に胸が膨らむ。

復帰できると思ってもいいのだろうか……

「二ヶ月ほど前に隣国でエフタール風邪の発症が確認された。一ヶ月前には我が国でも発症の報告があがっている」

僕は息を呑んだ。予想していた期待が打ち破られたのと同時に、三年前の悪夢を思い出す。

あの風邪で、リゼッタが……

「そ、そうですか……。それでなぜ、わたしが呼ばれたのでしょう？」

殿下は若干軽蔑の目で見てきた。

「お前の現状は聞いている。女性たちの話は信憑性（しんぴょうせい）のあるものだったぞ」

やはりご存知なのか……

恥ずかしくて下を向く。

「お前は私の傍（そば）に置くには、信頼に欠ける。二度と今までの地位に返り咲くことはない。期待しないでくれ。本来なら爵位降下ものでもあるが、今までの功績も加味して相殺したのだ」

ギリギリ……

俯いたまま、歯をかみしめる。

悔しい。どうしてこんなことに……

何も言い返せない。

「今回、お前を呼んだのには、別に理由がある」

その言葉に、僕は顔を上げて殿下の顔を見た。その目は怖いほど真剣なものに変わっている。

「帝国が民衆でも買える安価なエフタール風邪の特効薬を開発したらしい。すでにその薬が他の国にも出回り始めたそうだ」

「本当ですか⁉」

すごい。その薬があれば、エフタール風邪が……

「その薬を作るにあたり、とある薬草が必要で、それが――」

王太子殿下がそこで口ごもる。

なんだ？

「……お前の領地に生育しているらしい」

「はぁ？」

予想をしていなかった言葉に、気の抜けた声が出た。

「このところ、帝国へ大量の薬草を輸出している領地があると聞いて調べてみたら、お前の領地だったんだ。ちょうど、輸出が増えた頃と風邪薬が出回った時期も合致している。バルト、何か知らないか？」

「いえ、知りません。聞いてもいません」

僕は首を横に振った。

本当に知らない。何も聞いていない。

この二ケ月の間に一度だけ領地に赴いたが、代表だというカイザックと名乗る男に冷たくあしらわれただけだ。

薬草について話そうにも、けんもほろろな対応だった。他の村人たちなど、一切目を合わせようともしない。それどころか、遠くから冷たい視線でこっちを窺いながらヒソヒソと小声で話している。絶対にいい話ではないとわかった。

養蜂を見学しようとした際は、屈強な男に「余計なことはしないでください」とまで言われたのだ。ぞっとするようなその男の眼差しに怯んでしまい、僕は領地には二度と行きたくないと思うようになった。

それを思い出しながら、帳簿についても考える。出納に関して不審なところはなかったはずだ。

確かに薬草の出荷先が帝国になっていたが、足元を見られたような額でもなく、比較的高値の取引になっていたはずではある。

あれが？　エフタール風邪の特効薬の元？

「もしそうであれば、我が国の損失にもなり得る」

「っ‼」

そうだ。その薬を我が国で作り、他国に売れば、莫大な利益が手に入り、恩も売れる。

「名誉挽回をする気はないか？」

「ぜひ、させてください」

これで名誉を回復できれば、肩身の狭い思いをしなくても良くなる！

「サリーナが関わっているかもしれませんね」

その時、ボソリとした呟(つぶや)きが聞こえた。

ロイドだ。

「殿下、なぜ彼がここにいるのでしょう？」

「近衛兵(このえへい)を辞めると言ってきたんだ。理由を聞いても言わないんでな。お前がいる所でなら話してもいいと言うので、お前の出仕に合わせて来てもらった」

どうして、花形職業のはずの近衛兵(このえへい)を辞める？　しかも、その理由に僕が関係しているのか？

それに、ここでサリーナの名前が出てきたのは……

「どういうことだ？」

尋ねると、ロイドは顔を歪(ゆが)め、額(ひたい)に手を当てた。

「俺は自分が情けなくなったのです。わたしたちはずっとリゼッタに躍らされていました」

「なっ⁉」

「あいつは虚言を用(もち)いてサリーナを貶(おとし)めていました」

なんてことを言うのだ！　リゼッタを侮辱するな！

「ロイド！　言っていいことと悪いことがあるぞ‼」

「やめろ！　バルト」

掴み掛かろうとしたところを殿下に止められる。

「ロイド。どういうことか詳しく説明しろ」

「アルスターニ伯爵と別れる前、俺はサリーナに会いに行きました。そこで、サリーナに学園に行きたかったと言われたんです」

「確か彼女は学園に行っていなかったな」

サリーナが学園に行きたくないと我儘を言ったからだ、とリゼッタから聞いていた。

「リゼッタに『サリーナが行っても無理』だと、止められてもいたそうです」

なんだ、それは？

はっ！　リゼッタの話とサリーナの話がまるで違うじゃないか？　どうして？

「両親にも確認しましたが、リゼッタに『サリーナが学園に行きたがらない。無理をしてまで行かせる必要はないだろう』と言われたから、あえて通わせなかったと答えました」

「矛盾してますよね。俺は両親の他にリゼッタの親友たちにも、サリーナの話を聞いて回りました。すると、彼女たちの話には微妙な内容の食い違いがあることがわかったんです。ニュアンスの違いと言ってしまえばそれまでですが、リゼッタから聞いたサリーナの話は全て印象が悪くなるものばかりなのが共通していました。そして、リゼッタが相手の身分によって内容を変えていたかのような印象を受けました。特に高位の知人には悪意を感じる話をしていたのです」

「まさか、自分が嘘をついているのを知られないように、妹の学園行きを阻止したかった、ということか？」

「おそらく、そうでしょうね。もともと、リゼッタには自分の評価を上げるために必要以上に妹の世話をしたように見せる癖がありました。ちょっとしたストレスの憂さ晴らしなんだと思って、俺は目を瞑っていたのに、こんな……」

　ロイドが頭を抱える。

「でもなぜだ？　どうして、そんなにサリーナ嬢を目の敵にしていた？」

　殿下の問いを、ロイドは鼻で笑う。

　聞くのが怖い。

　聞きたくない。

　耳を塞ぎたい。

「手頃でちょうど良かったのでしょう。囲い込んで自分に依存させやすい。そうして困らせては、自分に縋ってくる姿を見て楽しむ。最低ですよね！」

「リゼッタに限って、そんなことするわけがないだろう‼」

　いてもたってもいられず、僕はロイドの胸ぐらを掴んだ。

　リゼッタを悪く言わないでくれ。あんなに美しく儚い女性が、そんな酷いことをするわけがないではないか！

　嘘をつくな。出鱈目を言うな！

　けれど、ロイドは落ち着き払って僕に尋ねる。

「バルトお前、サリーナの誕生日を知ってるか？」

彼の目には光がなかった。

「ほんと、俺も馬鹿だよな。今更のように気づいたよ。俺たちはサリーナの誕生日にパーティーをした記憶がない。リゼッタは実にうまくやっていたんだな。何かと理由をつけては、家族に気づかせずにサリーナの誕生日パーティーを潰してたわ。サリーナの一ヶ月後にエリーゼの誕生日があったのもまずかった」

そう言われると、僕はサリーナの誕生日を知らなかった。祝った覚えもない。

サリーナは何歳だ？

リゼッタが二十三歳になったはずだから……、何歳差だった？

「様々な理由をつけては、その日を忘れさせていましたよ。自分の進級祝いだとか、弟のアルクの体調回復祝いだとか言ってサリーナの誕生日近くに祝い事をして、別のパーティーを開かせないようにしていたんですよ」

「あのリゼッタがそんなことをするわけがないだろう！」

僕より体格がいいロイドは、襟元を締め上げてもびくともしない。逆に真正面から見つめられ、怯む。

「じゃあ、なぜお前とのリゼッタの結婚式が、サリーナの誕生日の前の日だったんだ!?」

「えっ？　サリーナの誕生日の前の日？」

予定していた結婚式の次の日が、サリーナの誕生日だった？

知らない。

「忘れてたのでは……」

「実の妹の誕生日を忘れていた？　あのお優しいリゼッタが、か？」

「それは……」

「リゼッタがどうしてもその日がいいと言ったんだろう？」

確かにリゼッタが結婚式の日を指定した。かなり強引だったので印象に残っている。

「き、きっと一緒に祝おうと……」

「初夜を終えたお前らが、まともにサリーナの誕生日を祝えたと思うか？」

思わない。

きっとそれが現実になっていたなら、僕がリゼッタを離すことはなく、彼女はベッドの住人になっていただろう。

「サリーナにとってお前は、身内以外で唯一付き合いのある男だった。きっと初恋の相手でもあっただろう。現にお前との結婚に嫌な顔一つしなかったからな。リゼッタに申し訳なくて、大っぴらに喜べずにいたようだが……。そんなサリーナの想いを砕くために、リゼッタはわざわざサリーナの誕生日の前日に結婚式を入れたんだ」

力が抜け、僕はロイドの襟首を掴んでいた手を離した。

ふるふると手が震える。

リゼッタの顔が頭に浮かんだ。

結婚式の日取りを決める時、彼女は珍しく我儘（わがまま）を言った。指定した日を譲らなかったのだ。

あの時、リゼッタはなんと言ったっけ？

「楽しい結婚式にしましょうね」

そう言って笑ったじゃないか。

あの笑顔の裏に何があった？

サリーナの悲しそうな表情を見た気がした。

「こんな、家族を蔑（ないがし）ろにしてきた者が、近衛兵（このえへい）に相応（ふさわ）しいとは思えませんよ」

ロイドが自嘲（じちょう）する。

「お前、これからどうするつもりだ？」

王太子殿下に問われ、すっと目を逸（そ）らして窓の向こうを見た。

「幸いにも両親はエリーゼと末っ子のアルクを大事にしていますから、私がいなくても大丈夫でしょう。国外に出て視野を広げようと考えています」

「家を……捨てるのか？」

「サリーナも捨てたようです。両親が行方がわからないと騒いでいましたからね。あの子なら、あんな両親がいなくとも生きていけるでしょうね」

そう言って、遠い目をする。

ロイド……

「わかった。今までご苦労だったな」

殿下は引き留めなかった。ロイドの頑なな意志を感じたからであろう。

労いの言葉を聞いたロイドは、立ち上がって頭を下げる。

「殿下にはご迷惑をかけました。バルト様、サリーナを見つけてもそっとしておいてくださいね。どうしても、それを伝えておきたかったんです」

どうしてそんなことを……、僕はサリーナと二度と会うつもりがないのに。

僕は振り返りもせず部屋を出ていくロイドの背を見送った。

第四章

帝国に来てからの生活は、毎日が忙しかった。

予想していた通りエフタール風邪が流行り始めたのだ。

隣国の小さな村から始まってじわじわと広がり、今では帝国の片隅の田舎にまで広がりを見せている。このままいくと、三年前のような大流行が再び起こるかもしれない。

早めに薬を作っていたものの、いずれ足りなくなるのが目に見えていた。

わたしは必要なものを補充して回り、足りないものをチェックする役をしている。次々と状況が変わり、物資の在庫量は常に変化するので大変だ。

あの後、エリアナもこちらに来てくれたので、二人で補助に回っている。

彼女がいて本当に良かった。

それでも二人では限界があり、最近では身体がふらつく。風邪をひかないように気を配ってはいるが、気分が悪くなることも……

とはいえ、後発組の仲間たちとも無事に合流でき、オーランド様が用意してくれた研究所で、元気に共同生活をしている。

忙しくて、新居を探す暇はない。

一家で移住してきた者たちの家族が洗濯や食事面といった家事を引き受けてくれたが、それでも手が足りず、家政婦を雇っていた。

それも全てオーランド様のおかげだ。

彼には他にも迷惑をかけている。

「オーランド様、薬の小瓶が足りません。消毒用のアルコールを入れる瓶もお願いします」

「リサちゃん、人使い荒くないか～？」

あれこれと書いたメモを見ながら物品の注文をしていると、オーランド様がわざと疲れたような顔をした。

「そうですか？　まだまだこれからだと思いますよ？」

どこか楽しそうな彼に、わたしは笑う。彼も笑い返してくれた。

「リサ～、見て見てぇ」

そこに、マリーンが駆け寄ってくる。

彼女には薬作りに参加してもらっていない。

彼女に任せると、薬が進化してしまう。同じものを作り続けることができない性質の彼女には、自由に研究をしてもらっていた。

いずれ役に立つことをしでかすから、大丈夫。誰もがマリーンを理解し、放置している。

「何ができたの？」

「あめ～」

「あめ?」

マリーンはわたしの口に飴を放り込んできた。

刺激がある。

辛い? でも甘い?

うむっ? これ、ショウガ?

「身体が温まるようにって作ったの。美味しい?」

「すこひ辛ひっ。口がハアハアする。もう少し甘くして!」

「ありゃ? リサは甘党ちゃん? じゃあ、次は甘くするぅ。はい、オーちゃんもどうぞ」

オーランド様の口にも開発した飴を押し込んで、彼女は再び去った。

オーランド様はショウガの刺激に涙目になる。

「あの、嬢ちゃんは……!?」

「オーランド様」

「なんや」

不思議そうにこちらを見るオーランド様に言う。

「これは売り出せますよ!」

「はあっ!?」

「次はこの飴を売り出します。人を集めて作る用意をしてください」

「ちょっ! 待ちや。これが売れると言うんか!?」

「もちろん！　身体が温まる、健康にいいショウガですよ？」

「コストパフォーマンス悪いやろ！　砂糖大量に使うんやぞ」

「だから初めは貴族に売れればいいんですよ。貴族が風邪を引かないよう気をつければ、薬の買い占めなんてことは起こらないんですから」

「そうやけど……。……まったく、リサちゃんは……」

彼は髪をかき上げてため息をついた。文句を言うその顔は楽しそうだ。

「レイフリードが尻にしかれるわけやな」

「どういう意味です？」

「言葉通りやけど？」

ニヤニヤ笑う顔がむかついたので、思いっ切り足を踏んでやった。声にならない悲鳴を後に、わたしは次の仕事に向かう。そこに後ろから声がかかる。

「まぁ、手は貸したるわ〜」

わたしは満足だった。


〈バルト〉

エフタール風邪の特効薬について、国王陛下は帝国に使者を送ったが、一ヶ月経つ今になってもなんの報告もなかった。

その間にもエフタール風邪は蔓延しつつある。

田舎の村から次第に城下の市井に広がりを見せているのだ。屋敷の中でもメイドたちが咳や鼻水を出している。市場に買い物に行き、そこで風邪をもらってくるようだ。

買い物を控えるように言いたいが、そんなわけにもいかない。

屋敷に食材を卸してもらっても、相手が風邪も運んでくる……どう防げばいいものか……

身体が弱っている者はすぐに熱を出しなかなか回復しない、と噂になっていた。

考えることはたくさんある。

母上には婚約すらできないことを詰られていた。でも、誰にも見向きされないのだから、どうしようもない。

屋敷の管理もいつまでもアゼルに頼りきりではいけないとは思うものの、どうしても甘えてしまう。

そんな中で領地の例の薬草のことを調べていった。

憎らしいほど進捗がない。自分の出る幕がないくらいきちんとした輸出の契約が交わされているのだ。

輸出先での用途を確認しようとしたが、無駄に終わった。

舐められているのか、「領主様は関わらないでほしい。サリーナ様の苦労を無駄にしないでください」と領地の代表から手紙が送られてきたのだ。

何もしなくても金が入ってくるので、母上はウキウキで今までにも増して金を使っている。請求書の数が半端なく、頭が痛い。

どうにかしないと、財産を食い潰されそうで何度も手紙を送って諌めたが、母上にはわかってもらえなかった。

そんな問題を処理しながら、僕はロイドの言ったことを何回も思い出す。

頭に浮かぶのはサリーナの顔。

だが、それは曖昧なものだった。

僕は役所に行ってサリーナの足取りを得ようとしたが、無駄足となっている。彼女の情報は何一つ教えてもらえず、ようとして行方はわからなかった。

ハリエルド商会を訪ねても、教えてもらえない。ただ、鼻で笑われただけだ。

あのサリーナがこうまで完璧に姿を消せたとは、正直、意外だ。

リゼッタの後ろに隠れてはにかんでいる姿しか思い出せない。

いや、あとは、悲しそうに僕を見つめる姿……

あのサリーナが……

声を思い出そうとすると、リゼッタのものになる。

恐ろしいほど、僕の全てはリゼッタでできていた。

僕はサリーナをきちんと見たことがあったのだろうか？

いや、見ていない。

その声を聞いたこともない。

サリーナが何を思い、何を感じていたのか、知らなかった。

彼女の言葉をどうして、知ろうと、聞こうと、しなかったのだろうか？

そこまで考えた時、リゼッタの声が聞こえた気がした。

「わたくしだけでいいのよ」と。

聞こえるはずのないその声に背筋がぞくっとした。


再び王太子殿下に呼ばれ、僕は王宮に行った。

昨日から第一子であるリリアン王女が発熱し、診断の結果、エフタール風邪に罹っていることがわかったとの知らせがあったのだ。

それでいてもたってもいられなくなった殿下が、帝国行きを強行しようとしていた。それに僕は同行を命じられている。

殿下と帝国への旅の打ち合わせをしていると、騒ぎが起こった。

「王太子殿下！　王太子妃殿下が――!!」

礼儀を無視して勢い良く部屋に入ってきた侍女が叫ぶ。

「どうした？」

「王太子妃殿下が……」

説明になっていない。

何があった？　王太子妃殿下がどうしたというのだろう？

殿下と共に急いで騒ぎのもとに向かう。

どうやら、リリアン王女の部屋のようだ。

近づくにつれ、音が大きくなる。なんと騒音のもとは、王太子妃殿下の口汚い罵声。

その声に誰もが戦々恐々としていた。


〈フレア〉


世継ぎの王子が生まれたことで国は沸いた。

これでわたくしはいずれ国母、誰もがひざまずき首を垂れる存在になるのだ。

二回目の出産にもかかわらず難産の末に生まれた王子は、愛おしさもひとしおだ。片方の腕に収まってしまう、マトリック様に似た可愛い我が子。

世話は乳母に任せているので、度々会いに行くが、目をしっかり開けてわたくしを見ては手足をバタバタさせる。わたくしの声を認識しているのか、可愛い顔を向けてくれる。

その内、首もしっかりしてくるだろう。

娘の時はふにゃふにゃで抱くのが怖かったものだが、今はそんなことはない。腕の中で眠る息子は本当に愛おしい。

二児の母親がこんなにも強いとは思わなかった。

わたくしは朝の挨拶(あいさつ)をするために娘のもとへゆく。一緒に朝食をとるのだ。

くりくりの眼差(まなざ)しに、ふわふわの髪、わたくしの大事な天使。

ここしばらくリリアンが鼻水を出しているのが気になる。

急に寒くなってきたせいかしら？　侍女たちも、もう少し気を配ってくれればいいものを。

リリアンの部屋はどうしたことか、騒がしかった。

「どうしたの？」

近くにいた侍女を捕まえて聞く。

「リリアン様が熱を出されました」

「熱？」

「今朝起こしに行きましたら、ぐったりしておりまして、発熱していたのです」

「いつからなの？」

「それは……わかりません」

「夜間の見守りは？」

「申し訳ありません！　ついうたた寝を……」

その言葉を聞いて、かっとなる。

王女を放ってうたた寝をするとは何事か!!

侍女の真っ青な顔をはたいてやりたかったが、理性でそれを抑えつける。

怒りより心配が勝った。

「医師を！　急ぎなさい!!」

呼ばれた医師の診断は、まさかのものだ。

「エフタール風邪です」

エフタール風邪？　リリアンが？　どうして？

平民の間で流行し始めているとは聞いていた。

でもそれがなぜ、王宮内で？

熱で苦しむリリアンを見る。

まだ二歳の幼い身体。高熱がリリアンの体力を蝕んでいる。

「どうして……、リリアンが？」

誰よりも守られているリリアンが、エフタール風邪に罹るなんてあり得ない。

「もう少し話を聞きたいのですが、リリアン様の乳母はどちらにいらっしゃいますか？」

医師の声にわたくしはぱっと顔を上げ、リリアンの乳母であるアフローネの姿を捜した。

どこにもいない。どうして？　リリアンのことを任せていたのに……

すると、先ほどの侍女がおずおずと口を開いた。

「アフローネ様は昨日からお休みされています。一週間ほど前にお子様がエフタール風邪になったそうで、その、アフローネ様もエフタール風邪になられたらしく、昨日連絡が来ました」

わたくしの顔を見て、語尾がだんだん小さくなっていく。彼女は俯いて、身体を硬直させた。

「では、そこからかもしれませんね」

医師の見解に息を呑む。

アフローネが原因？　アフローネの息子からうつった？

確かにアフローネが週に一回自宅に帰っているのは知っている。

そこでうつってきたとでも言うの？　何しているのよ!!

叫びたかった。

「王太子妃殿下。エフタール風邪は患者の咳やくしゃみが肌に付着することでもうつります。こうしてこの部屋にいる我々も罹る確率が大いにあるのです」

医師の言葉に、この場にいる侍女たちが騒ぎ出す。慌てて鼻と口を押さえる者もいた。

「薬は？　あるのでしょう!?」

「あの薬は子供にはきついものです。それに副作用も出ます。高額でなかなか手に入らないせいか、最近では粗悪品も出回っているとか……。現在、信頼できるものではありませんので、帝国からの薬を待つべきです」

「それじゃあ、遅いわ！　早く、早くリリアンを助けなさい！　お願いだから!!」

わたくしはその場に泣き崩れた。


翌日もリリアンの熱は下がらなかった。

食欲がなく、ドロドロにしたお粥でさえ受けつけない。

熱で脱水症状を起こさないように幾度も水を与えさせた。

どうすればいい？

わたくしはお父様に手紙を送る。

以前お父様がエフタール風邪になった時に薬を手に入れていたのを思い出して、その入手経路を訪ねたのだ。

お金ならいくらでも払う。だから、薬を……

待つ時間が歯がゆい。苦しむ娘を見ることしかできないのがもどかしかった。

「王太子妃殿下。少しお休みになってください」

侍女がそう言う。その顔を見て、とある記憶がよみがえる。

「ねぇ、あの小瓶はどこ？」

そうだ。あの時、この侍女はあの薬を持っていったじゃない。

「あの薬を持ってきなさい」

わたくしの声が怖かったのか、侍女はピクリと肩を振るわせる。顔から一気に血の気が引いていた。

「あっ、あれは……捨てました」

震えるような小さな声。

「じゃあ、拾ってきて」

「む、無理でございます。捨ててからすでに四ヶ月以上経っています」

「見つけてきなさい。命令です」

自分でも信じられないほど強く、低い声になる。

「無理です。ご容赦ください!!」

侍女は震えながら平伏した。

「見つけてきなさい！　今すぐにいるのよ、なんとしても探してきて！」

必死だった。

「探してきなさい！　見つかるまで帰ってこなくていいわ。どうしても必要なの！　リリアンのために探してきなさい！」

「ご容赦ください。あれは！　あれは、もう……ありませんっ」

彼女は泣きながら訴える。

ありませんで済むことではない。だから探せと言っているのだ。ないと言えば許されるとでも思っているのか！

だが、侍女は小さな声で続けた。

「あれは、……使ってしまいました」

「えっ？」

「息子がエフタール風邪になり、あれを家族で分けて……飲んでしまいましたぁ……」

はぁっ？　何それ？　使った？　あれを？

頭が真っ白になる。

そして次の瞬間、怒りが湧いた。

「なぜっ？　なぜ、あれを使ったの!?　どうしてとっておかなかったぁあ!?」

近場にあった水差しを掴んで、侍女に向かって投げる。水差しは壁に当たって、大きな音を立てて砕けた。

「王太子妃殿下が……処分するようにおっしゃいましたので……、それで……」

ひれ伏したまま、侍女が言う。

ますます怒りが湧く。

「わたくしのせいだと言うの？」

わたくしは肩で息をした。ギリギリと歯が鳴る。

侍女は頭を床につけ身を震わせて謝り続けた。

彼女に思いつく限りの罵詈雑言を浴びせる。正直何を言ったのか覚えていないけれど、感情に任せて侍女を責め続けた。

あまりの騒がしさにマトリック様が現れるまで――

「フレア!?」

マトリック様がわたくしを抱きしめて止める。

わたくしは彼に必死で説明した。

感情に流されて抑えが利かず、何もかもを……。隠していたはずのことも全て。

次第に彼の顔色が変わっていったことには、気づけなかった。

〈マトリック〉

フレアとは学園に入る前に婚約した。

初めて顔を合わせた時、大人びた美しい姿に心奪われたのだ。彼女は努力家で、おごらない性格だった。

お嬢様特有の世間知らずで思い込みの激しい面もあったが、それは見聞を広めていけば次第に正されるだろうと思えた。

だが、一番の親友であるリゼッタの言葉に少々影響を受けやすく、それについてだけ、どうしたものかと心配してはいたのだ。

まさかフレアがリゼッタが死んでもなお、彼女の言葉を妄信し続けるとは予想もしていなかった。

部屋に駆け込んできた侍女の言葉がよくわからず、私はバルトを伴い、騒ぎのもとに駆け付けた。

なんと、フレアがリリアンの部屋でヒステリックに叫んでいる。侍女を罵り続けている彼女を部屋から無理やり引っ張り出して執務室で言い分を聞いた。

感情のままに話す彼女の言葉は、要領を得ない部分が多数ある。

サリーナ嬢の薬を隠していた？　エフタール風邪の？　どういうことだ？

ふいに頭の中にバルトの領地の薬草のことが浮かぶ。

繋がっている？　まさか？

侍女への悪意しか感じ取れない言葉の数々。それは、サリーナ嬢に対しても……

聞くに耐えなくなり、フレアを強制的に部屋に帰した。

次に、違う部屋で待たせていた、額を床に擦り付けて泣く侍女から話を聞く。その内容に、私とバルトは愕然とした。

あのお茶会での騒ぎの真相が明らかになったのだ。

サリーナ嬢はあの日、エフタール風邪の薬をフレアに紹介したという。それをフレアは媚薬だと決めつけ激昂したそうだ。

どうして、そんなことが。

もし得体の知れないものであっても、王族に推薦された商品は一度、検査を行う。それに、持ってきた者に直接でなくとも一通りの話は聞くものだ。

侍女が語るのを聞く限り、以前フレアが言っていたようなサリーナ嬢の失態がどこにあったのか、疑問に思う。

フレアの話に多分な私情が含まれていたことに、私は驚いた。

彼女はどれだけリゼッタを信じているんだ？　おかしいだろう？

誰かを色眼鏡で見ていいものではない。王太子妃であるなら特に……

隣で一緒に侍女の言葉を聞いていたバルトの顔からは血の気が一気に引いていた。

侍女はフレアの命令で薬を秘匿にしていたことを謝る。

「本当にエフタール風邪に効くかはわかりませんでした。ですが、主人が亡くなった時のような思いはしたくなくて、藁にも縋る思いで使ってしまったのです。その薬は息子を、わたしたちを助けてくださいました」

サリーナ嬢が嘘をついていると思えなかった侍女は、薬を捨てるにも捨てられずお守りのように持っていたと言う。空になった瓶をポケットから取り出し、彼女は私に差し出した。

それを受け取り、光にかざす。

確かに液体が入っていた形跡はあるが、空だ。

「……」

フレアが処理しろと言ったのだ。……侍女は何も悪くない。

何も……

私は顔をぐしゃぐしゃにして泣く侍女に言葉をかけられなかった。

この薬があれば……、そう思ってしまったのだ。

フレアは謹慎させることにする。

なんらかの処罰を早急に検討するべきだろうが、今はリリアンのことが先だ。生まれたばかりの王子、アルファイドのこともある。仮にも彼女は母親だ。

早急に帝国に行かなくてはならない。

処罰はその後だ。今後の流れによっては幽閉もあり得るだろう。

父である国王も、エフタール風邪の対応に右往左往している。

フレアの判断でこのような事態に陥ったのだ。あの時のお茶会で起こったことをもう一度把握するべきか……


帝国への道は長かった。

一週間、馬車に乗り続ける。目の前に座るバルトの顔色は悪い。

そうだろうな……。きっと後悔しているのだろう。

サリーナ嬢を蔑ろにしたツケだ。

なぜだろう。すでに疲労を感じるのは……

そう考えている内に、やっと帝国の帝都に入る。

街を歩く人々は皆、鼻と口元を布で覆っていた。

何かの儀式だろうか？

それでも街は人で賑わっていた。

エフタール風邪が流行っているというのに、街中を人が出歩いている？　どんよりとした暗さなどもない。

おかしいだろう!!

祖国アルザスとは全く違う。

どんなに天気が良くても暗い雰囲気が漂っていた城下を思い出した。

バルトも街中の様子を唖然として見ている。

「薬の存在だけで、こうも違うのか……」

手を固く握りしめる。

悔しい。

先に薬を認可できていれば、こうなっていたのは、我々の国だったかもしれない。

フレアが憎くなってきた。


〈バルト〉


帝都は人で賑わっていた。

その様子を見ていられず、思わず俯く。胸の中がもわもわした。

羨ましく、自分が情けない。

悪くないはずのサリーナが憎く思える。

だが、それ以上に自分が愚か者に思えて仕方がなかった。

薬一つでこんなことになるとは……

なんで、サリーナは僕に言わなかったのか？

僕が知っていればすぐに王太子殿下へ助言したのに……。少なくとも、こんなことにはならなかったはずだ。

いや、サリーナの言葉を、その話を、きちんと聞き入れていたかと考えると、しなかっただろうと断言できる。

僕はサリーナの言葉を聞こうとしていなかったのだから。

サリーナは僕を頼ろうとしなかった。それは、僕がサリーナを信じていなかったからだ。

この最悪な状況を生み出した原因はやはり僕なのだろう……


帝都の中央にそびえ立つ真っ白な城を近くで見ると、その存在感に圧倒された。皇帝の力をこれでもかと誇示され、息を呑む。

隣にいる王太子殿下が震えているのがわかる。緊張をほぐすためか、目を閉じて深呼吸を繰り返していた。

馬車が停まり、僕らは降りる。

だが、歓迎ムードはない。

大臣と思われる恰幅のいい男と騎士だけの出迎えだ。

この訪問は公式なものではないから、当然なのかもしれない。帝国からの返事を前に突撃したのだ。

だが、その理由——リリアン王女がエフタール風邪に罹(かか)ったという事情を、使者が送っている。

それなのにこの対応とは、冷たくないか……

案内されたのは、建物の端にある部屋だった。殿下は一人、お供の我々は三人で一室を与えられる。

「皇帝陛下は大変、お忙しい身です。しばらくここでお待ちください」

男はそう言った。

「こちらは急いでいるのです！」

僕がそう言うと、薄ら笑いを浮かべる。

「ですが、陛下には公務があるのです。何も遊んでいるわけではありません」

「こちらは小さな命がかかっています。どうか早く会わせていただきたい！」

急ぎだと言っているのが、どうしてわからないのか！

僕は男に食ってかかる。

すると彼は目をすっと細め、冷めた視線をこちらに向けた。後ろに控えている騎士の殺気が増す。

あまりの恐ろしさに、ブルリと震える。

でも、ここで引けない。どうしても、薬が必要なんだ。

僕は負けずに、睨(にら)み返(かえ)した。

だが、男は態度を崩さない。

「ご自分の立場をわかっておられないようですね。わたくしからはこれ以上、何も言えません。陛下の都合がつき次第使いをやりますので、それまではおとなしく待っていてください」

そう言って去った。

腹が立つ。僕は椅子を蹴飛ばした。

「バルト、騒ぐな。ここまで来たんだ。なんとかなる」

「殿下……」

王太子殿下が暗い顔でソファーに座る。鼻と口元を布で隠したメイドがお茶と軽食を用意してくれた。

しかし、いくら彼女たちに質問しようとも、まともな返事はない。

与えられた部屋で僕たちは二日、待ち続ける。

イライラが募り、ひたすら部屋の中を歩き回った。


帝国に来て三日後の夕方。

やっと声がかかった。

王太子殿下は僕を含めた部下数名を連れて、部屋を出る。使用人に案内された場所は皇帝陛下の執務室だ。

まさかの場所に言葉を失う。

一国の王太子と会うのに、こんな場所を選ぶとはどんな思惑があるのか？

皇帝陛下は机に向かっていた。

ソファーには客人がいて紅茶を飲んでいる。彼はこちらを見て軽く頭を下げた。その態度はあまりにも軽い。

皇帝陛下は客人の存在をさほど気にしていないようで、黒い瞳でこちらを見た。その目には鋭い光が宿っている。

僕らは膝をつき、頭を下げた。

殿下が口上を述べようとしたのを、皇帝陛下が遮る。

「時間の無駄だ。用件だけを言ってくれ」

背中がゾクゾクするような低い声だ。

殿下が膝をついたまま、気力を振り絞るかのように皇帝陛下を見上げた。

「皇帝陛下。お初にお目にかかります。アルザス国王太子、マトリックと申します。エフタール風邪の薬を我が国にも回していただきたく、まかりこしました。このエフタール風邪の薬に使われている薬草は我が国から輸入しているものと聞いております。ならば、こちらを優先していただきたい」

その言葉を聞いて皇帝陛下はペンを置き、鼻で笑う。ゆっくりと腕を組み、背もたれに寄りかかった。こちらを見下しているのが感じとれる。

「何か勘違いをしていないか？」

あまりに冷たい声に、冷や汗が出た。殿下も言い返せず、動けないでいるようだ。

「国王ではなくて王太子が来たのは、我が子の病状でお情けでも買おうとしたのであろうが、そもそもエフタール風邪への対策を怠ったのは、そちらの責任だ。しかも、エフタール風邪の薬の認可願いを無下に蹴ったのは王太子妃自身と聞くが？」

図星をさされ、ぐぅの音も出ない。

なぜその話を知っている？　あのお茶会の騒ぎについて詳しいことを知っている者はほとんどいないはずだ。

「間者はどこにでもいるものだ」

心を読んだかのように、皇帝陛下が言う。

間者……

その言葉に息を呑んだ。

恐ろしいほどの沈黙。

「……、ならば、どうか……」

殿下の声は震えていた。

「なあ、考えてみたか？」

殿下の声を遮り、黒曜石みたいな瞳が僕らを射貫くように捉える。つい頭を上げてその目を見てしまい、僕は動けなくなった。

蛇に睨まれた蛙とはこのことだ。

「どうしてすぐにお前たちに会わなかったかを？」

「……」

「一つはエフタール風邪に罹かっていないかを見るためだが、それ以上に、考える時間を与えるためでもあった。お前たち同様、薬を欲しがる者は多いのだ。彼らを平等に扱うために、私情は捨てている。先着順で交渉しているのだ。病人がいるからと突然、押しかけられても無理なものは無理としか言えないだろう。お前たちになんの価値がある？　こちらは立て続けの来客で休む暇もないんだ。そんなこともわからんとは、大したことのない国のようだな」

何も言い返せない。

無能だと言われたも同然だが、反論できなかった。

ずっと自分たちのことしか考えていなかった。他国には他国の事情があるのに。

「薬草は、正規の契約をしているんだったよな。オーランド？」

「せや。ちゃあんとしてますよ。現地に行って、代表の人と直接交渉しましたさかい。皆、ええお人ばかりやったでぇ～」

ソファーで紅茶を飲んでいた先客——オーランドと呼ばれたヘンテコな訛りのある男が、軽い調子で言う。皇帝陛下に対して無礼だろう。

だが、皇帝陛下は気にしていない。

「私の領地で勝手なことをしないでいただきたい」

僕はオーランドを睨み付けた。すると彼はニヤリと笑う。

興味深そうに、馬鹿にするように……

「私の領地……へぇ～、あんさんが彼女の元旦那、いや、騙り旦那か!?」

侮蔑を隠しもせず、そう言った。

「はっ？　何を!!」

「オーランド。なんのことだ？」

騙り旦那、ということは……まさか知っているのか？

男の言葉に皇帝陛下が喰いついた。

「ほら、レイフリードの、ですわ」

「あぁ。あの話か」

なんだというんだ？　なんの話をしている！

「そうとわかっていたら、もっと焦らしたんだが」

「んなことしたら、怒られますよ。彼女は意外に強いんやから。怖いで～」

「お前がそう言うなら、やめておいて良かったのかもな。では、そうだな。オーランド、明日、彼らを研究所に案内してやれ」

いきなり皇帝陛下がニヤニヤと笑いながら言った。

勝手に決めないでほしい。

僕らは薬と薬草の輸入を交渉しに来たのだ。時間を無駄にしたくない。

殿下も同じ気持ちだったのか、言葉を発した。

「皇帝陛下、お待ちください。我々はそんなことのために来たのではありませんっ」

「話し合いは研究所を見てからだ」

その言葉を最後に、部屋を追い出される。

「明日、朝から行くからな～」

扉の向こうからお気楽な声が聞こえてきた。

朝早くから僕らは外に連れ出された。

異国風の服を着たオーランドに、街外れの大きな屋敷に連れていかれる。

「ほれ、これ着て」

彼は屋敷に着くなり、人数分のマントと三角の布をばさりと放り投げてきた。

「しっかり顔を隠してや。三角の布は口に巻くこと。潜伏期間は過ぎとるけど、念のためや。屋敷の中に病気を持ち込みたくないからな」

それはわかる。

だが、姿まで隠す必要はあるのか？

「マントで顔を隠すんは、職員に余計なちょっかいを出されないためや。顔を見せて勝手に声をかけて口説いたり、色仕掛けしたりして、無理やり薬を手に入れようとする奴がおったからな～」

「ならば連れてこなければいいだろう！」

そうだ、殿下の言う通りだ。そんなに警戒するなら、わざわざ研究所を見学させる必要などないだろうに。

オーランドはじっとこちらを見た。その暗い眼差し(まなざ)に息を呑む。

すると、大袈裟(おおげさ)に「はぁ～～」と長い息を吐いた。

「せやな。でも、あんたらは何も知らんで薬が欲しいとゆうやろ。それも大量に。そんなん、馬鹿にしとる。だから来た者には、どんなふうに薬を作ってるんか、見せるようにしとるんや。絶対に職員に声をかけるんやないで。特にそこの詐欺師！　あんたは絶対に声も出すな!!」

なぜ僕を目の敵にする！　しかも詐欺師って……

不承不承だが、僕らは目元が隠れるようにフードを被り、口元を隠した。ここで揉め事を起こすわけにはいかない。

オーランドはきちんとできているかを確認すると建物の中へ入る。

屋敷の中はザワザワとしていた。

オーランドについて地下へ続く階段を下りる。二十名ほどの男女が忙しなく働いていた。皆、口元を隠し、せっせと手を動かしている。

少し独特な匂いが漂っていた。

オーランドが説明してくれる。

「ここで薬を作ってる。三交代制で二十四時間休みなく、作られとるんや」

「つまり、一日中……」

「そうや、それでも正直追いついてない。薬草もまだ足りてへん。あんたのとこの薬草だけでは足りんやろうな。あの薬草は栽培が難しいらしいわ。今違う研究チームが大量に生産できへんか調べよるし、あの薬草の代替品はないか調べてもおる。新薬やって研究中や。陛下はこれを手軽に他国にも出せるようにしよる。あんたらの国にこれができるか？」

無理だ。こんなに広い場所も、設備も、人も、用意できないだろう。

それに、薬を使って自国が有利になるよう、交渉を始めるに違いない。

「わいだけでもできんかったわ。皇帝陛下の力と、この薬の開発者、それに彼女の熱意がなければ無理やったろうな……」

オーランドはすいっと視線を逸らした。

その時、女性の声がする。

「オーランド様、いいところに！」

明るく軽やかな声だ。

そちらを見ると、オーランドの肩の向こうに落ち着いた金色の頭のてっぺんがちらりと見える。

「リサちゃん⁉　どないしたんや？」

慌てているオーランドの声。

女性は気にしていないのか、軽やかな口調で続ける。

「ちょっと確認したいことがあったんです。あら、お客様？　今回はどちらの国の方かしら？」

「リサちゃん！　それは規則違反やゆうてるやろ」

「あら、そうでしたっけ？」

思わず、身体が震える。

僕はその声を知っていた。

聞いたことがあった。

忘れたはずの声だ。

いや、もう一度聞きたいと思っていた彼女の声だ。

間違うはずがない。

なぜ君がここにいるんだ……

そうだ、ここにいるなら、もしかしたら……

口を開きかけた時、王太子殿下が僕の服を引っ張る。フードから見えた顔が横に振られた。声を出すなと言いたいらしい。

でも……

オーランドとの約束を思い出して、口を閉じる。

「で、どうしたんや」

「小瓶がぜんぜん足りません。回収は間に合っていないのですか？」

「小瓶を新しく作る職人を増員しとる。今日中には回収した瓶も届く手はずになっとるわ」

「そうですか、わかりました。あと、足りないもののリストアップをしているので、後ほど確認をお願いできますか？」

「了解や。しっかし、リサちゃん。ほんま、よー働くな。ちゃんと休んどるんかぁ？」

「もちろん。新薬の研究をしているレフのほうが倒れないか心配ですよ」

「わいはレイフリードより、リサちゃんの身体のほうが心配やわ。ほっそいのに。この前、体調悪いゆうとったやろ」

心臓がバクバク音を立てていた。

元妻……じゃなく、彼女がすぐそこにいるというのに、顔を見ることもできない。

本当にサリーナだろうか？

こんなに話をしている声を聞いたことはなかった。

どんな顔でしゃべっているんだ？

見たい。

一目でいいので見たい。

次の瞬間、意外な言葉が聞こえる。

「あぁ、ここのみんなにはお知らせしましたが、実は子供ができました」

えっ？　こども？

「こんな大変な時期になぁ〜とは思ってるんですけど、ね。忙しいのに、みんなに気を使わせて……」

「いや、気にすんな。確認やけど、いつ？」

「えっ？　セクハラですか？」

「いやいや、すまん」

「まぁ、いいですけど。今、三ヶ月だそうです」

「前の旦那もどきとの子の可能性は？」

「あるわけないじゃないですか！　知ってるくせに」

カラカラと笑う声がした。

色々な意味で呆然とする。

子供ができたって……いつからそんな相手がいたんだ？

不貞……

いや、不貞にはならないんだよな……

でも……

いつ結婚したんだ？

僕は知らない。聞いていない。

それにこの笑い声。こんな笑い方をするとは知らなかった。

声を立てて笑っているのを聞いた覚えすらない。

僕に未練がないとしか思えない明るい声。

彼女ではない。

声の似た誰かだ。そうに違いない。

だって名前が違うじゃないか。

「なら、ますます無理はするなよ」

「しませんよ。デスクワークを中心にさせてもらっています。エリアナという見張り役もいますし、マリーンの暴走を止める役目もありますから」

「あーっ、あれか。確かにリサちゃんしか抑えれんからな」

オーランドが何かを思い出したように噴き出す。

その時、階段から人が下りてきた。

「サリーナ様、じゃなくてリサ様、オーランド様。お久しぶりです」

「カイザックさん、お久しぶりです」

サリーナ？

誰かがそう呼んだ。

その名前に希望が打ち砕かれる。

やはりサリーナなのか……

僕は手を握りしめた。爪が食い込み、痛い。

黙って聞くのが辛(つら)い。

目を閉じて歯を食いしばった。

「カイザック。久しぶりやな。わざわざ薬草を持ってきてくれたんやな。ありがとう」

「いえいえ、リサ様に会えるならどんな所にでも飛んできますよ」

「カイザックさんたら。最近はどうですか？」

「……それは、どちらの話で？」

「ふふっ。薬草の話よ。国を捨てたわたしが気にすると思う？　でも、まぁ、聞いてみたいわね」

さらりと言う。捨てた――、と。簡単に。

いや、僕らが捨てさせたのだろう。

「薬草は今回の分で終わりです。あとは来年の種取りになります」

「そうか。ぜんぜん足らんな……」

「足りませんね……」

二人の暗い声。

「アルザス国は今、エフタール風邪が蔓延しています。楽観視していたのか対応が遅く、今になって大慌てしていますね。噂では二歳の王女様が患ってしまい、王太子妃殿下がご乱心なさったとか」

「そう……」

「なんでも、リサ様が見本にさしあげた例の薬が今になって検討されているそうですよ」

「……あの時の……。わたし以外の人に持っていってもらってたら、違ってたかな……」

「リサ様のせいじゃありませんよ」

「そや、そんなふうに考えるもんやない。胎教に悪いで」

オーランドともう一人の男がワタワタと慌てている。その男の顔は領地で見たことがある気がした。

「リサ様……、気になりますか？」

「まあ、気にならないと言ったら嘘かな。家族と国を捨てたことに後悔はないけど、人としての優しさまで捨てた覚えはないから……」

「リサ様らしいですね」

これがサリーナらしい……？　これがサリーナの本来の姿なのか？

僕がリゼッタから聞いていたのとは違う。

全く違うじゃないか！

誰が我儘だって？

誰が傲慢だ？

……違う。

……僕はやはり勘違いをしていたのか……。ロイドの言っていた通りなのか……

彼女たちは他にも話をしていたが、もうそれ以上、僕の耳には入ってこなかった。

「さぁ、みんなもう一息頑張ろう！　この冬を越したら、ぱあっと飲み食いするわよ。もちろんわたしとオーランド様の奢りよ！」

歓声があがり、オーランドが慌てる。

「ちょっ、リサちゃん！　勝手に決めんな！」

「オーランド商会の紹介状を行使しますから、いい肉屋を紹介してくださいね」

「勿体ねぇ使い方するなぁ～」

辺り一帯から笑い声が響いた。

その瞬間、オーランドの向こうにひょっこりと一人の女性の顔が垣間見える。

濃い青い瞳が爛々と輝き、顔全体に笑みが溢れていた。

サリーナだ。肩までの髪が顔の横で揺れている。

サリーナに間違いない……

頬を叩いたのが最後だった。彼女の顔は以前よりふっくらして、可愛くなっている。

もし――

もし、僕がリゼッタの言葉だけを鵜呑みにせず、サリーナの声を聞いて打ち解けていれば、この顔は僕に向けられていたかもしれない。

あの笑い顔も、声も。

そして…………、子供も……

思わず、僕はその場から一目散で逃げ出した――

階段を駆け上がり、屋敷を出る。

冷たい空気が胸に入り込んできた。

あぁっ。研ぎ澄まされた空気が肺を凍らせ、痛い。

フラフラと壁を伝い、膝をついてうずくまる。

涙が止まらない。

なぜだ？　僕はサリーナがいなくなって清々していたじゃないか。あれだけ疎ましく思っていたじゃないか！

今になってどうして、胸にぽっかりと穴が空いたように寂しいのだ？

どうして!?　なぜこんなに涙が出るんだ？

胸が苦しい。

「大丈夫ですか？」

その声に、振り返ってしまった。

サリーナがグラスを持って立っている。逆光なので、彼女の表情はわからない。

僕はフードを深々と被り口元を覆って（おお）いるから、こちらも自分だとはわからないだろう。

「気分が悪くなってしまいましたか？　慣れない方はあの匂いがダメみたいですし」

どうぞと、彼女は水の入ったグラスを差し出した。

恐る恐るそれを受け取り、口を隠した布の下で水を飲む。

冷たい水は喉元を通り、身体を震わせた。

頭をリセットするには、その冷たさがちょうど良い。

「あ、ありがとうございます……」

お礼を言った。

「…………、良かったです」

礼が意外だったのか、彼女から戸惑ったような声が返ってくる。

「……幸せ、ですか？」

つい、僕は聞いてしまった。

「幸せですよ。前にいた国にいい思い出はありませんでしたから。たくさんの柵（しがらみ）に束縛され、自分を見失っていました。でも、ここではみんな、わたしを必要としてくれます。わたしを見てくれます。声を聞いてくれます。だから、幸せなんです」

その言葉にまた涙が溢（あふ）れてくる。

僕は君を見なかった。声を聞こうともしなかった。不必要だと言い切った。君を幸せにしなかった。

「リサ」

ふいに彼女を呼ぶ声が聞こえる。

「レフ」

彼女も呼び返す。黒髪の青年が彼女に駆け寄った。

「寒いのに、大丈夫かい」

青年は手にしていたショールを彼女の肩にかける。

「心配性ね」

「身体を冷やしたらダメだからだよ」

クスクスと笑う彼女に、心配そうな青年の声。

「そちらは……？」

おずおずと尋ねると、彼女は笑ったように見えた。小首を傾(かし)げた拍子に髪が日に透けて、金色に輝く。

「わたしの大事な、旦那様です」

『旦那様』

同じ言葉でもこもる気持ちが違っていた。温かな響きが胸に突き刺さる。

これほど違うのか……

僕を呼ぶ『旦那様』にはこんなに優しい響きはなかった。『屋敷の主人』としての『旦那様』、だ。

こんなふうに言われてみたかった。

「さあ、部屋に入ろう」

青年に促(うなが)され、彼女は向きを返る。

「あの……っ」

サリーナ、君の口から薬を……、とは言えなかった。

僕の声に振り返ったために見えたサリーナの顔が幸せそうで、本当に美しくて。

それが、今更のように愛しかった。

君を幸せにするのは僕じゃない。

だけど、今の君を大事にしてあげたかった。

「幸せに、なって、ください」

僕には君の幸せを願うことしかできない。

「はい。幸せになります。さよなら、…………様」

二人は建物に戻っていく。寄り添うように歩く姿が消える。

僕は泣きながら笑っていた。

ぼたぼたと、とめどなく流れ落ちる涙。

悔しいのか、羨(うらや)ましいのか、それとも、嬉しいのか……

自分の気持ちがわからないまま、手にした冷たい空のグラスを握りしめていた。

第五章

「大丈夫？　リサ」

屋敷に向かいつつ優しく声をかけてくれる、わたしの大事な人。彼の言葉、態度一つ一つには、優しさがあった。

「大丈夫よ」

大丈夫。

不思議なほど、あの人に心を動かされなかった。未練も憎しみも、恨みもない。

「もっと傲慢な人かと思ってたから、拍子抜けしたな」

わたしも同じ感想だ。お礼なんて初めて言われ、驚いた。

わたしに気づいていなかったのかしら？

屋敷の入り口には棍棒を持ったエリアナが呆れ顔で立っている。

「わざわざリサが水を持っていかなくてもよかったでしょう？」

「ケジメをつけたかったの」

「それで、ケジメはついたの？」

「うん、わたしは充分に幸せアピールができたもの」

そう、バルト様がいなくても幸せよって、見せつけてやりたかった。

それができて、満足だ。

「なら、良かったわ。後はわたしが見てるから、リサとレフリーはうちの総意を伝えに行ってください」

エリアナがそう言ってくれたので、わたしたちは足を進める。その途中で、レフリーに気になっていたことを聞いてみた。

「例の薬、できたの？」

ずっと研究室にこもっていた彼が、わざわざわたしを助けに来てくれたのだ。いくらわたしの一大事とはいえ、研究の大詰めを迎えていたのに。

「なんとか……。マウスでの実験は成功かな。副作用も見られない。後は治験次第だ」

そうか。

それができれば、もっと量産できるし、一つの薬草に頼らなくてもよくなる。

今後について話し合おうとした矢先に応接室に着いた。ノックをして部屋に入ると、オーランド様とお客様がいる。

それを見て、わたしはすっとカーテシーをした。

「お初にお目にかかります。マトリック王太子殿下」

中央にいたお客様がフードを脱いでわたしを見る。

「やはり、君がバルトの……」

王太子殿下は語尾を濁した。

「今は、レイフリード・アルセイド子爵の妻、リサです」

そう、あれからレフリーは新たに子爵の地位を頂いた。

彼の帝国の籍はまだ残っており、初めにやったのは、それをどうするか話し合うために彼のご両親に会うことだ。

二人はレフリーの無事を喜び家に帰ってきてもらいたがっていたのだが、当人が断固拒否し、除籍してほしいと願い出る。ご両親は泣きに泣いた。

それでもレフリーが譲らず、除籍届を書いてもらうと、その足で新たな帝国移住の手続きに行ったのだ。

その時すかさず、皇帝陛下が爵位を授けた。

後は……オーランド様の手腕でとんとん拍子に話は進み、今に至る。

王太子殿下はその話を聞いて顔を歪めた。

「お茶会での出来事は聞いた。妻の暴言を謝らせてほしい」

「結構です。わたしに謝られても困ります」

わたしは謝罪を断る。

どんなに謝られても今更どうしようもない。

「……っ」

王太子殿下は言葉に詰まった。これに乗じて、薬を優先的に取引させてほしいと言うつもりだったのかもしれない。

　でも、そんなことを言われても困る。王太子殿下が再び話し出さないよう、わたしは視線をオーランド様に向けた。

「しかし、リサちゃんがこっちに来るからびっくりしたわ。連絡行っとったやろ?」

「はい。だから顔を出しました」

「意地悪やな。カイザックまで来るし」

「いや〜。わたしも腹を立てておりまして。一発くらい殴ってやろうかと考えていたんですが、何人かの研究員が笑いながら棍棒を持ち出すのを見て冷静になりましたよ」

　アルスターニ伯爵領で薬草栽培の代表をしているカイザックさんが笑う。

　わたしのことを知っているこの研究所のメンバーは、アルスターニ伯爵が来ると聞いて憤っていた。それで、エリアナのように棍棒を持ってあらゆる所に潜んでいたのだ。素人ばかりなので、王太子殿下の護衛たちには、彼らを放置したのだろう。

「それはともかく。王太子殿下には、わたしがお持ちした薬の効果を認めていただけたようですね」

「……リリアンの熱が下がらず、あなたからもらった薬……侍女が隠し持っていた瓶にわずかでもその成分が残っていないか、水でゆすいで、それを飲ませてみた……。すると、数刻後には熱が下がり始めて……。何も知らなかったとはいえ、すまなかった。少なくとも、きちんと報告を上げさせるべきだった」

「熱が下がって……そう、それなら良かった」

王女殿下のことは気になっていた。多少は容態が良くなっているとわかり、ほっとする。

殿下はそんなわたしを見て、俯く。

「ロイドの話が正しかったのだな」

そして、お兄様の名前を口にする。

王太子殿下はお兄様がわたしへの態度を悔いていたことを話してくれた。けれど、わたしの感情が揺さぶられることはない。

「過ぎたことですので、お気になさらないでください」

わたしはそう断り、今回、王太子殿下にこの研究室まで来てもらった本当の用件を伝える。

「ここで作られる薬に関しては皇帝陛下に一任していますので、交渉はそちらでお願いいたします。こちらにお呼び立てしましたのは、別に話があったからです」

そう切り出しながら、形の違う瓶を複数並べた。どれも、複雑なデザインの彫刻が施された、いかにも高価そうな薬瓶だ。

「これは？」

「わたくしどもが作る以前に作られていたエフタール風邪の薬です。見覚えはありませんか？」

「あぁ……、確かに、いくつか見たことがある」

「これらは使用しないようにしてください」

わたしの言葉に、殿下は目を見開いた。

「な……ぜ？」

これらの薬瓶は、好奇心と探究心のかたまりであるマリーンが集めてきたものだ。どんな薬草が使われているのか興味本位で調べた結果、驚きの事実がわかっている。

「この薬は全て未認可のものです。瓶自体は三年前に認可された薬のものなのですが、中身は味のついた水、毒が混ざっているものなどでした。三年前のエフタール風邪の際に使った瓶の中に、それらしい紛いものを詰めたのでしょう。それが本物と同じ高値で販売されています。エフタール風邪の薬はお金儲けの道具になったということです。それだけでも腹立たしいですが、入っているものの多くは、大人でも命に関わるような毒。これをもし子供が口にすれば……」

「これを回収し、販売元を特定すれば良いのか？」

最後まで口にせずとも、王太子殿下はわたしたちの意図をわかってくれた。流石、子供を持つ親だ。

「はい。他の国にも同じことをお願いしています。どうかご協力をお願いいたします」

「……卑怯だろ？　こちらの願いは叶えてくれないのに……」

王太子殿下は悔しげに呟く。そんな顔をされても……

「わたしたちの商売は薬の売買だけではありません。情報を仕入れ、それを適切な所に広めるのも仕事としています。ですから、エフタール風邪の流行を一早く察して、この国は随分前から対策に動いておりました。当然、かなり前から薬の買い手が決まっているのです」

殿下は何も言わない。唇をかみしめてただ項垂れ、考え事をする。

「私の行動が遅かった、ということか……」

しばらくして、殿下は乾いた笑いを漏らした。

「まっ、そういうわけやから、後は皇帝陛下と話してや」

オーランド様がその場をまとめる。

話は終わったと、わたしたちは王太子殿下に退出を促（うなが）した。

ところがタイミング良く、扉を開けた外に一人の女性が立っている。

長い黒髪に赤いリボン。白い肌が黒髪に映える、教会のステンドグラスに描かれていそうなお姫様だ。

「ラフィシア皇妹殿下？」

皇帝陛下の妹であるラフィシア様だ。

この方とは皇帝陛下にお会いした際に挨拶（あいさつ）し、仲良くさせてもらっている。わたしより二歳年下なので、妹ができたようで嬉しい。

ラフィシア様はちょうど部屋に入ろうとしていたところのようで、王太子殿下を見て眉を寄せた。

そして、つっけんどんに言う。

「あなたがリサの国から来た方ね。入り口に落ちている粗大ゴミはきちんと回収していきなさいよ」

粗大ゴミ……？

わたしは初めて聞くラフィシア様の強い口調に驚いた。

「粗大……、もちろん回収させていただきます。ただ、皇帝陛下の妹君とお見受けしますが、客人に対して無作法ではないでしょうか？」

王太子殿下が不快さを滲ませた声で返す。ラフィシア様はそこですっと目を細めた。

「三年あっても、エフタール風邪への対策法を整えられない者がわたくしに意見するなんておこがましいわ」

「なっ……!!」

「だってそうでしょう。国内の秩序もいい加減よね。リサの結婚契約書がいい例よ。リサは名前が違うのに商売の登録ができてたんでしょう？　杜撰だわ。いつも大変な状況になってから判断しているのに違いないわね。あなたに上に立つ者の自覚はあるのかしら？　お兄様を見習うか、出直すかしてきなさい。わたくしはリサとレイに話があるの。話が終わったならさっさと消えて」

背の低いラフィシア様だが、態度はでかい。そこが可愛いところではあるけれど。

王太子殿下は何も言い返せず、真っ青な顔になる。オーランド様に付き添われ、すごすごと帰っていった。

「リサ、レイフリード、大変よ!!」

王太子殿下がいなくなると、ラフィシア様が叫び声をあげる。先ほどの高圧的な態度はどこにやったのか、彼女はあたふたとしていた。

「ラフィシア様どうされましたか？」

「あっ、えっと、なんと言ったら……。えっと、そう！　フラナよ。レイフリード、フラナのことを覚えていて？」

フラナ？　どこかで聞いたことがある気がする……。確か、レフリーの口からその名前が出たことがあったような……

「タナルーシア兄さんの元婚約者のフラナ様ですか？」

「そう、そのフラナ。あれからユーラシード伯爵に嫁いで子供も生まれたんだけど、その子供がエフタール風邪になったのよ。だけど薬が、貴族には平民より高い価格で売られているのが不満らしく、伯爵は薬を買い渋っているらしいの。それでとうとうフラナがキレたそうなのよ。もしかするとここにも来るかもしれないわ！」

それは逆恨みなのでは？　ちょっと考えられない事態だ。

「彼女ならあり得そうですね」

けれど、レフリーは否定しなかった。

一体、フラナさんって、どんな人なの？

わたしが尋ねると、レフリーは歯切れ悪く答える。

「一途で一直線すぎる人だから……」

「そうなのよ！　だから伝えに来たの。気をつけてね。リサも一人にならないように」

「わかりました」

気をつけよう。

しばらくして、バルト様の監視をしていたエリアナが見送りを終えて部屋に顔を見せる。わたしは彼女を強制的にラフィシア様とのおしゃべりに参加させた。

おしゃべりといっても、話題はエフタール風邪についてだ。市中での風邪の流行り具合や薬がどのくらい行きわたっているかの情報交換を終え、わたしたちは解散した。


次の日。

ラフィシア様の予想は当たった。

ちょうどレフリーが皇帝陛下に呼ばれ留守にしていた時だ。

わたしとエリアナが研究員の奥様方と山のような洗濯物を干しているところに、やつれた顔の女性がフラフラとやってくる。

「レイフリードは？　レイフリードに会わせて!!」

ドレスにはあちこちに染みがつき、靴が片方脱げて素足が土で汚れていた。

わたしは洗濯物を干していた女性たちに目配せをする。その場を離れるように促した。エリアナがわたしを庇うように前に出る。

「レイフリードは帝城に上がっています」

「そんな……。薬を、薬をちょうだい……」

女性は切羽詰まっているのだろう。落ち窪んだ目をギョロリと動かす。

「お願い、します」

「そうは言われましても、全て買い手が決まっていますので『はいどうぞ』というわけにはまいりません」

「何よ!!　やっぱり助けてくれないの！　わたしからまた大事な者を奪うつもりなのね!!」

金切り声があがった。

「フラナ……様？」

つい名前を口にしてしまう。

女性――フラナ様は、目を見開いて勢い良くこちらに向かってきた。エリアナもわたしも反応が遅れる。

わたしに掴み掛かろうとして、寸前に彼女は崩れ落ちた。もたれかかられたわたしは、ゆっくりと尻餅をつく。

「フラナ様？」

彼女の顔色は浅黒い。

疲労しているの？

そっと彼女の額に手をやると、明らかに熱い。ゼェゼェと肩で息をしていた。

「エリアナ！　熱があるわ」

「リサ!?」

「エフタール風邪かもしれない。建物の中には連れていけないから、どこか……。オーランド様に早馬をお願いして部屋を手配してもらって。あと、みんなに口元を覆う布と消毒を徹底させて。ついでに毛布を持ってきて」

「リサは？」

「流石にもう遅いよね」

苦笑してしまう。

わたしは彼女を直接抱えている。

幸い、お腹に衝撃はなかった。

「全て手配したら、わたしが変わります」

「エリアナ!?」

「運命共同体ですよ」

オーランド様の指示で、フラナ様は少し離れた屋敷に運ばれる。そこで診察を受けさせた。

やはりエフタール風邪だ。

念のため、わたしは同じ屋敷の一室で寝泊まりすることにした。


案の定、二日後にわたしも倒れた。

やはりエフタール風邪だ。疲れもあって、抵抗力が落ちていたのかもしれない。

苦しい。身体が痛く、動かすのもままならなかった。

レフリーが口元を覆った姿でわたしを看病してくれる。

薬も用意された。

でも、わたし自身が使うのには抵抗がある。

この一本で助かる命があると思うと、残しておきたい。

ただ、自分だけならともかく、わたしの中の命は救いたかった。

ならば……

「レフリー。例の薬を飲みたい」

「リサ!?」

レフリーは戸惑っていた。

けれど、わたしは彼が研究中の新しい薬を要求する。

「後は治験をするだけって、言ってた……でしょ？」

「だからって……」

「わたしが使って治れば信用が増すじゃない？」

「妻にさせたくない……」

苦々しそうな声が返ってきた。

「レフリーの薬、信用、してるから、飲むのよ？」

「リサ……」

レフリーの作る薬が素晴らしいのは、わたしが一番よく知っている。

だから大丈夫。

わたしは笑った。

レフリーは心を決めたのか、一度部屋を出てすぐに戻る。

やっぱり、持っているんじゃない。

わたしは彼から薬をもらい、笑いながらそれを飲んだ。

苦い。

美味(おい)しくないな。子供は嫌がる味だ。そこを改良するように言ってあげないと……

ゆっくりとわたしの意識は闇に落ちていった。


〈亡き人(リゼッタ)〉


腕と足が鉛(なまり)のように重かった。鎖や重りなどはないのに、身動き一つできない。

辺りは不気味なほど暗かった。

目の前には黒い川が流れている。足元に視線を向けると、小石が敷かれた上に自分の白い素足が見えた。尖(とが)った石を踏んでいるはずなのに痛みを感じない。

光のない真っ暗な中でも、自分の姿は見えている。

時折、川の向こうから人がやってきた。

その姿は様々だが、誰もが白い服を着ている。彼らは薄い光をまとい、わたくしの後ろへ吸い込まれるように歩いていった。

異様な光景だ。

みんな、一言も話すことなく、先を急ぐ。誰もわたくしに気づいていない。声をかけても、無視される。

なぜ、わたくしはここにいるのだろう？

そして、みんなはどこへ行くのだろう？

そもそも、わたくしはいつからここに立っているのか？　昨日？　一昨日？　一ヶ月前？

相当の時間が過ぎている気がする。

……孤独だ。

恐ろしいほどの静寂の中に一人でいるのは、本当に怖かった。

動かない足がもどかしい。

わたくしの思考はとめどもなく過去をたどる。

嬉しかったことや楽しかったことを思い出そうとした。

そうでもしないと、あまりに孤独で気持ちが変になりそうだ。

時折、胸に棘が刺さったような引っ掛かりを感じた。それがなんなのかわからなかったが……

その時、川向こうに意外な顔が見えた。

「サリーナ……？」

妹のサリーナだ。

周りを見渡した後、何を思ったのか、川に足を踏み入れようとする。

わたくしは思わず叫んでいた。

「来ないで！」

「お姉、様？」

ビクリッと身体をこわばらせたサリーナが、左右を確認する。

わたくしが見えていないのだろうか？

サリーナは最後に見た時より髪が短くなっていた。顔も少しふっくらしている。

それでも間違いなくわたくしの妹だ。

わたくしが憎み、そして愛した妹……

わたくしは思い出した――


サリーナが生まれるまで、わたくしは両親に愛されていた。温かな腕に抱かれていた。

けれど、サリーナが生まれ母親に抱かれているあの子を見て、嬉しいのと同時に嫉妬（しっと）を覚える。

両親の愛情が減ることに恐怖した。

それはエリーゼが生まれたことで更に強くなる。

両親は兄とわたくしに長男だから長女だからと、責任ある態度というものを求めてきた。なのに、求めるだけで、あとは放置。

一番割を食ったのが、わたくしとサリーナだったのではなかろうか。

両親の愛が欲しい時期に、サリーナは何も与えてもらえなかった。

両親はエリーゼにかかりきり。まだ一歳ほどのサリーナの世話を侍女とわたくしに押し付けた。

兄は勉強が忙しい、剣の訓練だと言って我関せずだ。

自然に、わたくしがサリーナの面倒をみるようになる。当然、サリーナはわたくしに懐く。

でも、わたくしだって、自由が欲しい。自分だけの時間が欲しかった。

刺繍をしたかったし、本だって好きな時に好きなだけ読んで、いっぱい勉強がしたかった。

でも、サリーナが一緒。毎日毎日。

妹が泣くと、侍女に怒られる。

「お姉様なんですから、我慢してください」、と。

なぜ、わたくしが怒られるの？　わたくしのせいじゃないわ。

「サリーナがわたくしのものを取ろうとしたから！」

「叩いたから怒っただけ！」

当たり前のことじゃないの。なのに、わたくしが怒られるなんて！

理不尽だわ。間違っている！

悲しくてうずくまって泣いていると、必ずサリーナは舌足らずな口調で謝った。「いいよ」と言うとへろりと笑うので、仕方なく笑顔を向ける。

可愛いけど、憎かった。

あの子の屈託ない笑顔を見る度に、どうすればいいかわからなくなる。

そうして、サリーナが五歳を迎える直前、お祖母様が亡くなった。そのせいで、予定されていたサリーナの誕生日会がなくなる。あまりの忙しさに、誰もが忘れていたのだ。

わたくしだけが思い出し、厨房の料理人に小さなケーキを作ってもらうようにお願いした。すると、料理人たちが、「流石お姉様ですね」とわたくしを褒めたのだ。

ぞくりとする。

今、褒めてもらえた？

その言葉が気持ち良かった。

そうか……、サリーナのために何かをすれば、みんなはわたくしを見てくれるんだ！

それに気づいてから、わたくしは『サリーナのため』の行動をした。

でも、サリーナはいい子なので、わたくしの出番は少ない。ならば、わたくしが必要になる場面を増やせば良いのだ。

簡単なことだった。

少しサリーナを悪者にしてあげればいい。

少し我儘だから、わたくしが窘める。少し悪いことをしたから、わたくしが叱ってあげる。

そして、周りにはうまく説明する。

すると、みんなはわたしを褒めた。

「流石ですね」「お姉さんになりましたね」って。

嬉しい。

けれど、わたくしが嘘をついていることがバレたら怒られるだろうから、サリーナから少し人を遠ざけよう。

サリーナには良いお姉様でいるようにして。

素直な妹はわたくしの言うことを全て信じてくれた。

必死だった。

嘘を嘘で固める。

成長するごとに、『褒められたい』『認められたい』という気持ちが大きくなった。

どうすれば良い？　どうすれば、みんながわたくしを『良く』見てくれるのかしら？

悩んだ。

兄からの忠告は無視する。

試しに、学園で誇張して言ってみた。

わたくしはヒロイン。妹思いの良き姉。

みんなそう思ってくれる。

でもそこで、ふと思ったのだ。

サリーナが学園に入れば、わたくしの言っていることが嘘だとバレるのでは？　と。

恐怖した。

わたくしがサリーナを貶めているのがわかれば、みんなはどう思う？　折角、フレア様とも親友になれたのに、彼女に軽蔑されたらどうしよう？

それが怖くて、サリーナが学園に入らないように考える。

まず、サリーナに学園に行っても無駄だと言った。両親にも、行かせないように助言する。

嘘に嘘を重ね、結果として更に大きな嘘になり怖くなっていく。

罪悪感も募(つの)る。

どうしよう……

でも……、やめられない。

エリーゼや末っ子のアルクしか見ない馬鹿親は少し意識を逸(そ)らせてやれば、サリーナの誕生日を忘れる。その度に、わたくしはサリーナを慰(なぐさ)めた。

デビューのことも……。泣きそうなあの子を慰(なぐさ)めると嬉しそうに笑い、わたくしに感謝を向けた。

その顔を見て、ゾクゾクした快感を得た。

やっぱり、気持ちいい。

快感を求め、罪悪感が生まれようとも、わたくしはやめられなくなっていった。


学園を卒業して、バルト様との結婚が本格的に進められる。

式の日取りを決めるにあたり、わたくしはサリーナの誕生日の前日にしたいと主張した。サリーナがバルト様に好意を持っていると気づいていたからだ。

学園にも行かずいつも屋敷にいるあの子にとって、バルト様は身近にいる唯一の男性だったのだろう。

イライラする。わたくしのバルト様なのに――

サリーナの誕生日なんてわたくし以外、誰も気にしていない。まぁ、料理人は覚えているだろうが、彼らがわざわざ家族に教えることはしないだろう。

また誕生日を忘れられたサリーナは、悲しそうにするに違いない。バルト様との幸せな姿も見せつけてあげよう。

どんな顔をするかしら？　見てみたい。

もちろん慰めてもあげるわ。

それを思うとまたゾクゾクした。楽しみで仕方がない。

これからのことを考えるとワクワクした。でも同時に、いつか今までのようにいかなくなると不安を覚える。

それに、結婚後はサリーナと離れることになるのだ。

わたくしは考えを改めた。

わたくしは伯爵夫人になる。当然、誰もがわたくしを羨ましがるだろう。威張っていいわよね。

手始めに、アルスターニ伯爵家の執事や侍女たちに偉そうな態度を取ってみた。

思った通り。気分が良い。

サリーナのことをどうするかは気になったが、また問題になってから考えればいいと、後回しにした。

でも、わたくしは倒れてしまう。

ドレスを持ってきた女から風邪をうつされたのだ。

身体が熱く、苦しい。節々が痛かった。

時々意識が戻り目を開けると、必ずサリーナがいる。ずっと付き添っているのだろうか。

なんで？　うつるわよ。

それなのに、妹はわたくしを看病してくれた。苦しさは続いたけれど……

わたくしは……もうダメなのかしら？　死んでしまうのかしら？

朦朧とする中、一つだけ気になることができる。

常にサリーナの姿を目にしていたからだろう。

これからのサリーナはどうなるの？

今までわたくしは自分の承認欲求のため、サリーナを使ってきた。そうして、この子の人生に大きく関わってきた。

そんなわたくしがいなくなったら、この子はどうなるのだろう？

ぞっとした。

サリーナは大丈夫なの？　あんな両親のもとで生きなければならないのに……

今更、自分のしてきたことが恐ろしくなる。

だが心のどこかから――

「なぜサリーナでないの？」

「わたくしは生きたい！」

「サリーナが死ねばいいのよ！　そうすればわたくしがしてきたことがバレない！」

そんな醜い心の声が聞こえてきた。

違う！　わたくしは……

自分はなんて醜（みにく）い生き物だったのか。自ら歩んできた人生をこの時初めて、呪いたくなった。

最期にバルト様が見える。

わたくしの最愛の人。

最期にあなたを見られて良かった。

サリーナのことを託せるかしら？

わたくしを理解してくれているバルト様ならば。

伝えたい。

「わたくしが……」

――死ぬのは当然なの、酷（ひど）いことをしてきたから。けれど、わたくしの代わりに、どうかバルト様、サリーナが幸せになれるよう見守っていただけないでしょうか？

最後まで伝えることはできなかった。

わたくしはそこで死んだのだ。


「――お姉様なの？」

わたくしの姿が見えていないサリーナに名前を呼ばれる。

こんな醜（みにく）いわたくしを見られないで済んだのは、幸いだった。

だから、これ以上こちらに来てほしくない。

会いたくない。

今サリーナに会えば、昔のわたくしに戻ってしまうかもしれなかった。優越感に浸るために嘘をつき続ける自分に。

「戻りなさい。あなたはまだここに来るべきじゃないわ」

わたくしの言葉で足を止めたサリーナの腹部は、少しふっくらしているようにも見える。

まさか……

嬉しくて羨ましい。複雑な気分だ。

わたくしが得られなかったものがそこにある。

サリーナは幸せなのかしら？

だとしたら、憎い。見せつけないでほしい。

妹に優しい言葉をかけられない自分がいる。

それでも、解放してあげたい。

「お姉様？」

「なに泣きそうな顔をしているの？　わたくしね、サリーナのことが嫌いなの。そんな不細工な顔見たくもないわ！」

なぜかスラスラと言葉が出た。

ショックを受けたようなサリーナの顔。

今までの自分なら、喜んでいただろう。でも、今はその顔に罪悪感を抱く。

サリーナが顔を引き攣らせて叫ぶ。

「お姉様。お姉様はなぜ、虚言をまき散らしていたのですか？」

気づいてしまったのね。わたくしがしてきたことを。

それでいい。

「あなたが嫌いだからよ。いつもわたくしにくっついてきて、鬱陶しかったの」

違う、そうなるように仕向けていたのは自分だ。あなたの傷つく顔を見たかったから。優越感に浸りたかったから。

「それなら、そう言ってくれたら良かったでしょう！」

「うるさいわね。まあ、サリーナのしみったれた顔を見るのが楽しかったのよ。今も変な顔ね」

わざと声を立てて笑う。サリーナの顔が怒りで真っ赤になった。

「そうですか！　わたしもお姉様が嫌いです。もう姉だとは思いません!!」

その言葉に、ズキンと心が痛む。

「そうね。わたくしも同意見だわ。だから、こっちには来ないで。さっさとそっちに戻りなさい」

「言われなくてもそうしますっ！」

サリーナはやっと踵を返し、歩き始めた。

思えば、妹とこうやって言い争ったことがあっただろうか？

喧嘩一つしたことがなかった。

涙が溢れる。

自分の欲に囚われなければ良かった。そうすれば、言いたいことを言い合える仲の良い姉妹でいられただろう。

後悔しても遅い……

「わたくしを見返したいなら幸せになればいいのよ。誰もが羨むほど幸せになって、長生きしてからわたくしに会いに来なさい!! そうしたら、あなたを見直してあげる。文句も全て聞いてあげるわ」

「……おねえ、さ……ま?」

「振り向かずに行きなさい!!」

わたくしはありったけの声で叫んだ。

サリーナはゆっくりと向こうに消えていく。

そしてわたくしは、しばらく泣き続けた。そんな資格はないけれど、仕方がない。これが最後だ。

わたくしがここにいるのは、きっとサリーナに対する罪悪感のせいだろう。

今は少しだけ身体が軽くなっている。以前より動きやすくなっていた。

ゆっくりと足を前に踏み出す。

それでもまだ重い。

これが罪悪感の重さなのだろうか。

わたくしは川から離れようと、足を進めることにした。

いつかみんなが進んでいく場所にたどり着けるだろうか……

孤独を感じながら、先の見えない旅路につく。

これが、わたくしに与えられた断罪なのかもしれない――

◆　◆　◆

「――リサ？」

ふいにレフリーの声が聞こえた。久しぶりの声にほっとする。

「……レフリー？」

「リサ!!」

目を開けると、目の下に濃い隈を作ったレフリーの姿が視界に入った。顎には無精髭が伸びている。

「……剃らないと。剃ってあげる」

そのザリザリの顎に伸ばした手を取られ、レフリーに固く握られた。

彼は泣いていた。

どうして泣いているのか、わからない。

「良かった……、良かった……」

「一週間も眠ったままだったのよ」

レフリーがいる反対側からエリアナの声がする。

「一週間？」

「もう！　エフタール風邪で倒れたの。三日間熱が出て、熱が下がっても意識が戻らないから心配したの！」

彼女も疲労感を漂わせていた。心配させたのだろう。

エリアナは真っ赤な顔で説教を始める。

「あなたは本当に馬鹿なの!?　お腹に子供がいるのに新薬を試すなんて、馬鹿な人がすることよ！　何考えてるの！　信じられない！　何かあったらどうするのよ！　もしっ、もしあなたに、……っ、子供に、何かあったら……」

その目からボタボタと涙が溢れ出す。拭っても拭ってもとめどなく流れていた。

「ごめん……なさい」

謝るしかない。

「レフリーも、レフリーよ！　リサの戯言を本気にして……。次に同じようなことしたら、わたしが殴るから」

「ごめん……」

レフリーも謝った。

よく見ると、彼の右頬は青く腫れている。

誰かに殴られた？　オーランド様……かな……。痛かっただろう……わたしのせいで……

もう一度、心からの謝罪を口にする。

「ごめんなさい」

エリアナの袖はびしょびしょになっていた。

「わかればいいわよ。それよりどう？　気分は？」

「大丈夫。……赤ちゃんは？」

「……影響ないだろうって。生まれてみないとわからないこともあるだろうけども、今はお医者様のお墨付きが出るほど丈夫な子だって」

良かった。

「……エリアナ。わたし、お姉様に会ったわ」

「はぁ？」

わたしはレフリーとエリアナに、夢で姉に会ったことを話した。言葉にしておかなければ、忘れてしまいそうだったのだ。

「何それ？　川を挟んで……？」

話を聞いたエリアナは、開口一番にそう言う。

「ったく、川云々(うんぬん)はひとまず置いといて。その話がそんなに大事？　あなたの姉なんて、好き勝手する迷惑女じゃない。わたしはそんなタイプとは夢でも関わりたくないわね」

「エリアナ……」

彼女は顔を歪(ゆが)めていた。一方、レフリーは苦笑する。

「『わたくしを見返したいなら幸せになればいいのよ。誰もが羨(うらや)むほど幸せになって、長生きしてからわたくしに会いに来なさい!!　そうしたら、あなたを見直してあげる。文句も全て聞いてあげるわ』って、言葉通り、幸せになれってことでいいんじゃないかな？」

　そう捉えてもいいのかしら？

「君のお姉さん、不器用？」

「ただの虚言女でしょう？」

「そうかもしれないけど、亡くなった人の本心なんてわからないさ。だから、自分の好きなように解釈すればいいんじゃない？」

　そうか……そうよね。

　お姉様は確かにわたしを苦しめた。それは紛れもない事実。

　でも、昔見た笑顔は、真実だと思いたい……

　幸せになろう。お姉様を見返すためにも。

「そうね。幸せになるわ」

「それなら、今後こんな身を削るような自己犠牲をしないこと！　いいわね！　二度と許さないから、絶対にやめて‼　生きて幸せになりなさい！　みんなが幸せにならないといけないのよ！」

　エリアナが吠えた。

「わかったわ」

　わたしはしっかりと頷く。

　自分を犠牲にしても幸せになれない。

　他人を悲しませてまで掴んだ一時の満足は幸せではない。

わたしにはわたしを思ってくれる人がいる。そんな人たちをもう悲しませたくない。

心配する二人を見て、そう強く思った。


数日後。

お見舞いに来たラフィシア様に泣かれ、オーランド様からはしっかり怒られた。マリーンをはじめとする研究員たちからも説教される。皇帝陛下からもお叱り(しか)の手紙が送られてきた。

わたしは再び反省する。

だから、しばらくエリアナとレフリーの監視下におかれたのも仕方ないことだと受け入れた。

こんなにみんなに思われて、幸せだとも感じる。

そうして落ち着いた頃、レフリーとエリアナから新薬の成功を告げられた。

フラナ様も無事にエフタール風邪が治ったらしい。もちろん、お子様も。

この件には、皇帝陛下も関わっている。なんでも側近とオーランド様を動かしてユーラシード伯爵邸に押し入り、風邪を患(わずら)っている面々に問答無用で新薬を飲ませたらしい。その上、しっかりと子供に医師までつけたそうだ。

回復した伯爵からは多額の迷惑料を取り、その地位を子爵に落とす。

オーランド様は子爵になったユーラシード様に薬のありがたさをこんこんと説き、価格についてもみっちりと説明していたと、レフリーが教えてくれた。

わたしが仕事に戻ってしばらくして、フラナ様が会いに来る。

彼女は涙を流しながらレフリーに謝った。

レフリーのお兄さんが亡くなった時を思い出し、薬を買い渋る夫に腹を立て、いてもたってもいられずレフリーに薬を求めてしまったそうだ。

子供を救いたい一心で、自分がまさかエフタール風邪に罹っているとは思ってもいなかったという。

わたしに風邪をうつしたことも申し訳ないと何度も繰り返した。

「レイフリードはすごい薬を作ったのね。あの時はごめんなさい。あなたのお兄様でもある彼が死んで悲しいはずなのに、責めてしまったわ。冷静になって、なんてことを言ってしまったのだろうと気がついて、ずっと後悔してたの」

「いいえ、もっと早く薬を作れていたら……」

「いいえ、あなたは頑張っていたわ。昔も今も」

フラナ様が微笑む。

「……あなたを、わたしたちの素晴らしい弟よって自慢できないのが残念だわ」

彼女も死んだ方をずっと想っているのだろう。でも、その想いにきちんと折り合いをつけて生きている。

「レイフリード、リサさん、本当にありがとうございました」

フラナ様はすっきりした表情で頭を下げた。

あんなことがあっても彼女は離婚しなかった。ただあれ以来、ユーラシード子爵はフラナ様に頭が上がらないらしい。

そんなフラナ様とわたしがお茶友達になるのは数年後の話であった。


〈マトリック〉


研究所を見学した翌日、皇帝陛下との話し合いが行われた。

席に着いたのは、陛下、ラフィシア皇妹殿下、私、バルト、商人であるオーランド殿である。

バルトの領地で栽培されている薬草を武器に有利に交渉するつもりが、バルトに手の平を返されてしまう。

「薬草が足りないと聞きました。今後の生産を増やすため、援助していただけないでしょうか？」

そう言ったバルトの表情は硬く、今までの頼りなさは鳴りを潜（ひそ）めていた。

「ほぅ？　それは自国の利益にならないのではないか？　どんな心境の変化があったのか？」

漆黒（しっこく）の瞳がキラリと光る。

「自分は亡くなった人を美化し、妄信しておりました。そのせいで一人の女性を不幸にしていることにも気づかず……今、彼女は自力で輝こうとしています。僕はそれを見守りたい。それが、僕にできる償（つぐな）いだと思っているのです」

「身勝手ね」

ラフィシア殿下がバッサリと言い切った。

言葉を詰まらせるバルト。

「ラフィ、口がすぎるぞ」

「ラフィシア殿下」

皇帝陛下とオーランド殿が彼女を窘める。

でもラフィシア殿下はどこ吹く風だ。

「だって今更でしょう。自己満足に浸らないでくれない？　勝手に手を離したのに、聞いていた話と違うからって固執されても困るのよ。悲劇のヒーローを気取らないで、気持ち悪いだけだから。あなたが悪いのに、見守りたい？　わたくしだったら本当に気持ち悪すぎてご遠慮願うわ。言葉だけの償いなんていらないし、欲しくない。本当に償いたいなら、具体的な利益が必要でしょう。それ以外はいらないわ」

あまりの言いように、バルトは眉を寄せて俯き、肩を振るわせた。

「確かに、そうです、ね……」

そう呟く。

バルト……

「けれど今は……、今の自分にできることは、それしか考えられません……」

「そうか、わかった。オーランド、このことについては研究所と相談して進めるよう取り計らってくれ」

「ホイホイ。リサちゃんも喜ぶやろな」

「じゃあ、わたくしも参加したいですわ」

バルトの言葉を否定したにもかかわらず、リサ夫人が喜ぶと聞いて、ラフィシア殿下が計画への参加を表明する。

流石に皇帝陛下は眉を顰めた。

「ラフィ。遊び場ではないぞ」

「わかっています、お兄様。わたくしはリサの夢のために協力したいのです」

リサ夫人は、この国の人々に受け入れられているのだな。

おかげで、当初考えていた形とはだいぶ変わってしまったが、薬の輸出も承諾してもらった。

正式な契約が交わされる。

一ヶ月の量の上限が決まり、金額が設定された。

あまりの額の高さに、息を呑む。

貴族には平民の分も負担してもらうと説明される。貴族なら高額でも手に入れられるだろう……と。

確かに三年前、その通りの醜い争いが起こった。貴族が薬を独占し、多くの平民や金のない下級貴族が死んだのだ。

「高値なのも今年までのつもりだ」

皇帝陛下の言葉に首を傾げる。

「新薬が研究されている。代替品ができれば、他国での生産が可能かもしれない」

そうなれば……

「現に新薬は治験段階みたいやで。昨日、レイフリードが部屋から出てきて、リサちゃんといちゃこらしよったからな」

「オーランド様、言葉に気をつけてくださいませ。最低ですわよ」

「すまん、すまん」

「そういうことだから、来年は契約の変更が必要となるだろう。帝国は薬を独占したいと考えてはいない。だが、もうしばらくは仕切る者が必要だ。そちらもそのように心構えをしておいてくれ」

これ以上何も言えることはない。

私たちは頭を下げたのだった。


帝国からの帰路。私は一人馬車に揺られながら、この度のことを振り返る。

バルトは帝国を出る間際にリサ夫人がエフタール風邪で倒れたと知り、かなり動揺していた。会いに行きたかったのかもしれない。

だが、ぐっと踏みとどまり、真っ青な顔で自分の領地に戻ると告げた。

領民たちと真正面からぶつかるつもりのようだ。

アルザス国に入るなり、私はバルトとは別れる。

彼がいなくなると、馬車の中ががらんとして、静かさが身に沁みた。

考える時間としてはちょうどいい。

やることは多い。考えることも。

その一番はフレアのことだ……

城門に入ると、周囲が騒がしいことに気づく。

なんだ？

皆、喪服に身をつつみ、啜（すす）り泣（な）いていた。

何があった？

リリアンの症状が悪化したのか？　それとも父上？　母上か？

私は急いで馬車から降りて、迎えに来た従者を問い詰める。

「何があった？」

「殿下……。あの……アルファイド王子が……」

「なんだ？」

「アルファイド王子がお亡くなりになられました」

一瞬思考が停止した。

どういう、こ、と……だ？

信じられない。

国を出る時は元気だった。小さな手足をバタバタさせ、私の指を小さな手で握りしめてくれた。

よく笑っていた。

そんな我が子が三週間見なかった内に死ぬ？

何かあれば、早馬で報告が入るはず。でも、何もなかった。

いつ？

足早にアルファイドのもとへ向かう。

誰もが顔を伏せて泣いていた。部屋の中央にはアルファイドを抱くフレアの姿がある。

なぜ、彼女がここにいる？　謹慎しているはずなのに。アルファイドが死んでしまったからか？

「フレア、何があった？」

自身でも驚くほどの冷淡な声が出た。

フレアは目の焦点が合っていない。ブツブツと何かを呟いている。

「なんで？　なんでよ？」

赤子の小さな身体を離さない彼女をこのままにしてはおけない。

フレアも休ませなければ……

「何があった？」

問いかけても答えない彼女から視線を移し、私はアルファイドの乳母に尋ねた。

「一昨日、アルファイド様が熱を出されました」

「エフタール風邪か？」

「あっ、いえ、それは……」

「どうした？」

「リリアン様のことがあって過敏になっておられたようで、アルファイド様のことを聞きつけた王太子妃殿下がここにいらっしゃいまして……王子殿下を離さなかったので、医師が診断できずにおりました」

医師に診せなかったのか……

ならばエフタール風邪かはわからない。赤子の発症例は少ないと聞いていた。

「それで？」

いら立ちを隠せない低い声に、ヒッと悲鳴が上がる。

部屋にいる誰もが震え上がっていた。

「王太子妃殿下が……、看病のため部屋にこもられまして、今朝、お食事を運んだ時には……もう亡くなられて、……おり……まし……た……」

最後は掠れ、聞こえなかった。

私はフレアの肩を揺さぶる。彼女と視線を合わせようと、その目を見つめた。

「フレア？　何があった？」

フレアの顔に触れる。ゆっくりと焦点が合い、彼女の目が私を捉えた。

「マトリック……さ、ま？」

はくはくと唇が動くが、ほとんど音になっていない。

「ゆっくりでいい。何をした？」

「く、薬を……飲ませ、たのに……ふぁいどがぁ……」

薬？

「どの薬だ？」

フレアが右手を差し出す。奪い取るように受け取った。

それ見て、息が詰まりそうになる。

意識して、ゆっくりと息を吐き出した。感情的になるのを無理やり抑える。怒りでカチカチと歯が鳴りそうになるのを、ぐっと堪えた。

「これをどこから仕入れた？」

「おと、お父様に……おねが、いして……」

泣きたい。

ダメだ。

目を閉じて何度も息を吸い吐き出す。

吐く息が震えている。いや、身体が震えているのだ。

必死で全てを押し殺そうとした。腹を括って目を開け、ぐっと顔を上げる。

「フレアを王子殺害の罪で投獄しろ！　彼女の父、ホルスタイル公爵も、だ」

「マトリック様!?」

何を言われたのか理解できなかったのだろう、フレアは衛兵に捕らわれて初めて悲鳴をあげた。

「マトリック様！」

甲高い悲鳴がこだまする。

私は手の中の、帝国でリサ夫人から見せられたものと同じ薬瓶を固く握りしめた。

フレアが言っていた通り、薬の出所は彼女の父親、ホルスタイル公爵だった。

彼は薬の中身が正規のものだと信じていた。三年前、自分を助けた万能の薬だと。だから、躊躇なくフレアに渡したのだろう。

それのせいでアルファイドが死ぬとは、予想もしていなかったようだ。

彼はアルファイドの死に憔悴し、薬をどこから手に入れたか素直に教えてくれた。屋敷のお抱え医師から多額の金銭で買ったと証言する。

すぐに医師も捕らえて尋問した。

そこからずるずると情報が出てくる。

最終的には王室医師までたどり着いた。彼らまで怪しげな民間の薬師に薬を注文していたのだ。

それも金のために。

中身の効果など二の次。いや、効果などないに等しいとわかっていながら、売り捌いていたらしい。

彼らが持っていた薬を改めて調べさせると、水同然ならまだしも、毒を薄めたものさえあった。

正規の薬は、ほんの数本。

正規の薬は王室医師長自らが作ったものだそうだが、使用している瓶が同じだったため、どれが本物かわからないという状態だ。

医師長は自分の権威を守るため、薬の製法を他人に教えていなかった。

そんな状況の中、必然的にアルファイドが服用した薬も紛いものとなる。毒が入っているわけではなかったが、代わりに蜂蜜が混ぜられていた。

蜂蜜には菌が含まれていることが多く、まだ菌に対する抵抗力が低い乳児には危険なものだ。

作った者が混ぜたのか、赤子に飲みやすくするためにフレアが入れたのかは不明だが、アルファイドの死因はこれではないかと推測された。とはいえ、本当のところはわからない。

こうやって、効かない薬を飲んで死んだのはアルファイドだけではないだろう。そう考えると恐ろしかった。

なぜ、誰も不審に思わない？　効かない薬を我先に手に入れようとする!?

被害がどれほどになっているのか、計り知れない。何人の者がエフタール風邪の薬だと思い偽の薬を飲んだのかわからなかった。

なぜ、誰も訴えてこないのだ!!

次々に疑問が浮かぶ。

唐突に、答えがわかった。

……あぁ、……それはそうだ、と。

大金をはたいて買ったからだ、詐欺だったと言えば周りに笑われる。そうでなくても、国が認めた薬なのだ、信用するしかない。薬が効かないと言えば、反逆者だとして捕らえられかねない。

薬の効果がなくても、黙っているしかなかったのだろう。

全て国の責任ではないか。

何も知ろうとしていなかったのは自分だ。

バルトのことを言えない。

何も見ていなかった。

失笑がこぼれる。

私は無能だ。

そして、私の父も。

何もできずにオロオロしている父。何が国王だ。

所詮、カエルの子はカエルか……


私は帝国に手紙を送った。

偽薬を摘発し、得た情報を詳細に綴(つづ)る。

さて……、この件をどう処理するか、帝国からもたらされる薬をどう広めていくべきか。考えるふりをする。

自分の腹はすでに決まっていた。

見せしめは必要だ。

責任を取ってもらうのに、ちょうどいい。

それが最後の役目になるだろう…………

〈フレア〉


冷たい石畳をわたくしは無感情に見つめた。

ここは臭くてジメジメしている。

なぜ、こんな所にいなくてはならないのだろうか？　いつまでいなくてはならないのだろう。わたくしは王太子妃なのに。

ここで出される食事は硬いパンと塩味のスープ。

こんなの食べ物じゃない！

二日ほどは食べずにいたが、空腹には逆らえず仕方なく口にしている。食べなければ身体に力が入らず、頭も働かない。

あまりの不味さに嗚咽する。吐き出したいのを無理やり我慢した。

そして、涙を流す。

アルファイド……

なぜ、死んでしまったの？

わたくしの愛しい子。

ただ、わたくしは薬を飲ませただけ。リリアンみたいな辛い思いをさせたくなくて。

小さな身体で熱は大変だもの。苦しいもの。

だから、リリアンのことがあってすぐにお父様が送ってきたエフタール風邪の薬を飲ませたのだ。

早く良くなると信じて……

それに……、これ以上、醜態を晒したくなかったから。

あの時は我を忘れてしまった。

混乱し、あの女のいい加減な薬をエフタール風邪の特効薬だと一瞬でも信じたせいで、あんなことになったのだ。

マトリック様に軽蔑されたくない。

なのに……

アルファイドは死んだ。

結果、マトリック様は冷淡な目でわたくしを見た。

わたくしは何を間違えたの？

いくら考えてもわからない。

その時、待ちわびた声が聞こえた。

「フレア」

「マトリック様！」

あぁ、わたくしの愛しい人。やっと来てくれたのね。早くここから救い出して。

「マトリック様。早く出してください」

わたくしは彼に縋り付くように叫ぶ。

わたくしを癒してほしい。抱きしめてほしい。

でも、現れたマトリック様は穢らわしいものに向けるような目でわたくしを見た。

どうして、そんな目で見るの？

わたくしに愛を囁いてくれる、あの温かな眼差しはどこ？

優しく触れてくれる手はないの？

「フレア。君にはつくづく失望したよ。医師に言われていたはずだよね？『あの薬は子供にはきつい。副作用もあり、それでなくても粗悪品が出回っている。帝国からの薬を待つべきだ』と。なぜ、その忠告を聞かなかった」

そんなこと、言われたかしら。覚えていないわ。

目の前で我が子が苦しんでいたら、すぐにでも救いたいと思うものよ。薬があるなら、それに頼る。

それが母親というものでしょう？

効果は実証されていたし、何が間違っているというの？

「お父様はあの薬で治りました。だから治ると思って……」

「いつも君はそればかりだな。周囲の限られた者の言葉しか信用せず、他の人間の話を聞かない。一方的に決めつける」

「えっ？　そんなことない。ちゃんと多くの人たちの話を聞いているわ」

マトリック様の言葉を否定する。けれど、彼は首を横に振った。

「サリーナ嬢のことがそうだっただろう。リゼッタ嬢の話を鵜呑みにして、本人を前にしてもその人物像を見ず、考えを改めなかった。この事態を引き起こしたきっかけは君自身だよ」

マトリック様が感情のこもらない目でわたくしを見つめる。

嫌だ。そんな眼差しは嫌。見ないで。

わたくしは何度も首を振る。

「帝国でサリーナ嬢——リサ夫人に会ったよ。名前を変えて、幸せに生きていた。彼女はリゼッタ嬢が言っていたような女性ではない。みんなのためにエフタール風邪の薬を作っていた」

まさか、彼女が本当にエフタール風邪の薬を……？

あの薬が……

信じたくない。

あれは……あれは……やはり媚薬で……

「君は彼女を知ろうともしなかった。自分の思い込みだけで判断した。今回のことも同じだ。自分の思い込みで有識者の意見を退け、取り返しのつかないことをしたんだ。王太子妃になれば……、もっと視野を広げて……この国の、私の力になってくれると、信じていた……のに……」

マトリック様……

「こんなに偏見に満ちているとは……失望したよ……」

失望……

そんな……わたくしはただ親友を信じただけ。大事な両親の言葉を信じただけ。

「わたくしは……。大事な人を信じてはいけないのですか!!」

「違う。信じることは必要だ。だが、君は王太子妃だ、公平でなくてはならはい。それが、親であろうが大の親友であろうが、本質を見極めなくてはいけなかったんだ。それを君はしなかった。多くの人間が関わる重大事に偏（かたよ）った判断を下したんだ!!」

わたくしが間違っていたの？

今までの王太子妃教育を思い出す。

辛（つら）いことの多かったあの経験で、何を学んだ……？

王太子妃がどんなものであるのか、しっかり身につけた気でいた。いつからわたくしはおごっていたのかしら？

いいえ、初めからわたくしに王太子妃は、荷が重かったのね……

全身の力が抜け、身体がうまく動かせない。

「だが、まだ君は王太子妃だ。しっかり役目を果たしてもらう」

役目？

「王太子妃としての最後の務めだ」

「最後？」

どういうこと？

「なぜ、今まで会いに来なかったと思う？」

わからないので、首を横に振る。

確かにマトリック様が来るまでに時間が経っていた。

自分の行いを見つめ直すためだと思っていた。それが、罰なのだと。

違うのだろうか……

「新薬の認可、偽薬の回収、その製作者の特定。それらをしながら、帝国からの使者を待っていたんだ」

「マトリック様？」

帝国からの使者ってどういうことかしら？

「君にはアルファイドを殺した責任をとってもらう」

殺した？

責任？

「マトリック様？」

唇がひび割れ、口の中が異常に渇いている。喉が痛み、言葉は掠れた。

「君は偽薬を使用してアルファイドを殺したんだ。きちんと相応の罪を受けてもらわないと」

嘘。

「君たちは偽薬の蔓延に加担していたことになる。筆頭貴族が薬を買い占め、積極的に偽薬の効果を吹聴しなければ、ここまで偽物が出回ることはなかった。今後も、善意を装い、そんな恐ろしい事態を引き起こそうとする者が出ないとは限らない。だから、見せしめが必要なのだ」

「いや……」

「どうしてだい？　君の王太子妃としての最後の仕事だよ。君が罰せられることで薬の危険性が周知でき、取りしまりを強化できる。尚且つ諸外国の手本にもなるだろう。それを見届けに帝国の使者まで来る」

「嫌よ！　死にたくない！」

死にたくない。死にたくない。死にたくない!!

『死』という言葉を口にして、恐怖が襲ってきた。

生きたい！　まだ、わたくしは生きていたい。

「大丈夫。一人ではないから」

一人じゃない？

どういうこと？

「君に薬を渡した公爵、公爵夫人。君の兄弟や医師。あの薬に関わった者たちも一緒だ」

お父様やお母様も？　どうして？

「君に毒薬を渡したんだ。アルファイドの死に関わっているのと同じだろ？　王家への反逆と言っていい」

「あの薬は三年前お父様を治してくれたものですわ!!　わたくしたちにアルファイドを殺す気なんて全くない。アルファイドはエフタール風邪で死んでしまったんですわ！」

「確かに三年前の薬は本物ばかりだっただろうね。でも今は違う。紛いものが大半だとわかっているんだ。医師にも止められたものを使うなんて、悪意があったと思われて当然……。それにアルファイドがエフタール風邪だったという確証はない」

えっ？　アルファイドがエフタール風邪ではない？

「医師に診せなかったんだろ、本当にエフタール風邪だったのか？　君はエフタール風邪に罹らなかったし……。それこそ、君の思い込みだったんだ。君があの薬を飲ませなかったら、アルファイドは生きていたかもしれない……」

そんな……エフタール風邪だとばかり……

わたくしの思い込み……思い込みだったの……

「どう足掻こうと、君は王子を殺した。その罪は変わらない」

感情のない表情……

こんなに無情な方だったのか……

ああ……、全てが終わった。

わたくしはそれに気づいたのだった。

数日後。

わたくしは衛兵に引きずられるようにして街の中央広場に連れていかれた。

素足で硬い地面を歩く。

石畳がこんなに痛いとは知らなかった。

縄が手首に食い込むのも痛い。

引っ張られると足がもつれ、何度も倒れ込んだ。膝も足も血が滲(にじ)んでいる。

広場に着くと、離れた場所にある観覧席にマトリック様の姿があるのに気づく。隣には黒髪の可愛い女性が立っていた。

帝国から来た使者というのが彼女？

わざわざ女性が来るなんて……

ふっと噂話(うわさばなし)を思い出す。

帝国には美しい女性皇族がいる、と。確か現皇帝の妹君のラフィシア様だったか。

そんな方がいらっしゃるとは……

なんて悪趣味なのかしら？

ふふふっ、思わず笑ってしまう。

これが王太子妃としての最期だと思うと、笑いが収まらない。

いいわ、見ていなさい。

わたくしは民衆を見渡す壇に上げられる。

民衆たちの冷たい視線に身が縮こまりそうだ。

彼らの多くは、薬を手に入れられず身内をエフタール風邪で亡くした者、または、大切な人が偽薬を口にして命を落としてしまった者かもしれない。

それでも毅然(きぜん)と立つ。

ヤジが飛び、石が投げられた。

心も身体も痛い。

ついに罪状が読み上げられる。

違法の薬を入手して、王子を殺害した――

お父様たちが先に断頭台に乗せられた。その姿をみすぼらしく感じる。

こんな人が自分の父親だったのか……ずっとお父様を誇らしいと思っていたのに。

お母様は最後まで役人を口汚く罵(ののし)っている。あのお淑(しと)やかなお母様が、だ。

みんな、無様だった。

わたくしは幻滅した。

これまで信じていたものはなんだったのだろうか……

親しい者の悲鳴を聞きながらそんなことを考える。

最後はわたくしの番だ。

真っ赤になった刃を見つめる。

これからあそこに行くのか……

足が動かない。

衛兵に引きずられ、乱暴に首が固定される。

言葉は出なかった。

ただ、こぼれるのは笑みばかり。

わたくしはマトリック様のために最後の務めを果たす。
刃こぼれした刃の鈍い音と同時に、わたくしの首は落ちた。何も感じない。
でも、わたくしには見えた。
空の青さが。
美しく優しい春の光が――
あぁ、冬は終わった――

誰でもいいわ。
わたくしの目蓋(まぶた)を閉じさせて…………

エピローグ

日に日に暖かくなっていた。

日射しが冷たい色から優しいものに変わり、風が花の匂いを送ってくる。

昨日、蜂が花の蜜を求めて飛んでいるのを見た。

だいぶ膨らんだお腹をなでながら、わたしは洗濯物を取り込む。

皇帝陛下とオーランド様のおかげでエフタール風邪の薬が各国に行きわたり患者が少しずつ減ってきた、とラフィシア様が言っていた。

アルスターニ伯爵領で採れる薬草の収穫は終わり、今は来年の準備中だ。新薬の注文もかなり減っている。

薬作りが一段落し、わたしたちはゆっくりした時間が送れるようになっていた。

今まで休みなく働いてくれた作業員は気が抜けたのか、バタバタと倒れているが、みんなエフタール風邪ではなく疲労だ。

見舞いに赴いたエリアナ曰く、全員、満足そうに睡眠を貪っているらしい。

やっと春が来たのだ。

ポコポコと動くお腹が愛おしい。

「リサさん、気持ちいいですね」

作業員の奥さんに話しかけられる。

「そうですね。春ですね」

「春ですよ。やっと落ち着きましたね」

そんなやりとりすら楽しく感じた。

「そろそろ、出産の準備を始めないといけませんよ」

あと数ヶ月もすれば赤ちゃんに会えるというのに、まだ準備に取り掛かれていない。

「そうですよね…」

全てが初めてのことで、不安が大きかった。

それがわかったのか、奥さんはわたしの背中をポンと叩く。

「大丈夫ですよ。ここには出産や子育ての先輩がいくらでもいるんですから頼ってくださいな」

彼女の言葉に励(はげ)まされ、笑って頷(うなず)いた。


その晩。

オーランド様と出かけていたレフリーは山のような荷物を持って帰ってきた。

夕飯が終わってからみんなで中を見ると、縫いぐるみやおもちゃがたくさん入っている。

「レフ、これ？」

「いや、えっと。オーランドさんに子供用品店を教えてもらって行ってみたら……、つい」

彼が照れながら言う。

なんだか嬉しくなる。

「レフリーさん。もう親馬鹿ですか？」

「おもちゃより先に服を準備するべきですよ」

「え？　そうなの？」

子持ちの男性先輩からのダメ出しに、レフリーは戸惑いつつもその話を真剣に聞き始めた。

それを見ていた誰かがぼそりと呟く。

「うちの旦那もこれくらいしてくれたら良かったのにねえ～」

幾人かの奥さんが力強く頷いた。

「やべぇ！　飛び火した」

どこかからのそんな声に、笑い声と謝罪の言葉が飛び交う。

わたしもレフリーも笑った。

赤ちゃんもそれに合わせたようにわたしのお腹を元気に蹴っている。

——あなたに会えるのを楽しみしているからね。

「会えるのを楽しみにしてるよ」

レフリーがお腹に手を当てて囁く。

同じ思いが嬉しい。

「どうかした？」

「幸せだなぁって思っただけ」

まだ騒がしい部屋で寄り添いながら、レフリーを見つめた。

――全てを捨ててこの国に来て、本当に良かった。

新＊感＊覚　ファンタジー！

Regina レジーナブックス

無責任な噂は許さない!

あなたの姿をもう追う事はありません

彩華（あやはな）

イラスト：ありおか

メニルは婚約者カイルのために自分を磨いていたけれど、彼は王都の学園にいったきり、会いに来ることも手紙を送ってくることもなくなる。不安なままメニルが王都の学園に入学すると、なんと彼の傍には恋人のような女性の姿が！　しかも彼が「自分の婚約者は性格も容姿も醜い悪役令嬢だ」と悪評を流しているのを知る。あまりのことにメニル以上に周囲の人間が切れ、報復を計画し——

詳しくは公式サイトにてご確認ください。

https://www.regina-books.com/

携帯サイトはこちらから！ 

新 ＊ 感 ＊ 覚　ファンタジー！

Regina レジーナブックス

ちょっ、あなたの婚約者あちらですよ！

その溺愛、間違ってます！

～義家族に下女扱いされている私に、義姉の婚約者が本気で迫ってくるんだけど～

buchi（ぶち）

イラスト：ななミツ

伯爵家の一人娘として大切に育てられてきたルイズ。しかし、父が義母と義姉を連れてきた時からルイズの境遇は一変、髪を刈られて変なカツラとビン底メガネをつけさせられ、使用人のようにこき使われるようになってしまった。そんな状況でも、持ち前のしぶとさでなんとか生き延びていたルイズに、なんと義姉の婚約者・ロジャーが一目惚れ⁉　義姉そっちのけで、猛アプローチをかけてきて――

詳しくは公式サイトにてご確認ください。

https://www.regina-books.com/

この作品に対する皆様のご意見・ご感想をお待ちしております。

おハガキ・お手紙は以下の宛先にお送りください。

【宛先】

〒150-6019 東京都渋谷区恵比寿4-20-3 恵比寿ガーデンプレイスタワー19F
(株) アルファポリス　書籍感想係

メールフォームでのご意見・ご感想は右のＱＲコードから、
あるいは以下のワードで検索をかけてください。

ご感想はこちらから

本書は、「アルファポリス」(https://www.alphapolis.co.jp/)に掲載されていたものを、
改稿、加筆のうえ、書籍化したものです。

全(すべ)てを捨(す)てて、わたしらしく生(い)きていきます。

彩華（あやはな）

2024年 7月 5日初版発行

編集－黒倉あゆ子
編集長－倉持真理
発行者－梶本雄介
発行所－株式会社アルファポリス
〒150-6019 東京都渋谷区恵比寿4-20-3 恵比寿ガーデンプレイスタワー19F
TEL 03-6277-1601（営業） 03-6277-1602（編集）
URL https://www.alphapolis.co.jp/
発売元－株式会社星雲社（共同出版社・流通責任出版社）
〒112-0005 東京都文京区水道1-3-30
TEL 03-3868-3275
装丁・本文イラスト－春海汐
装丁デザイン－AFTERGLOW
（レーベルフォーマットデザイン－ansyyqdesign）
印刷－中央精版印刷株式会社

価格はカバーに表示されてあります。

落丁乱丁の場合はアルファポリスまでご連絡ください。

送料は小社負担でお取り替えします。


ISBN978-4-434-34084-0 C0093